JN027992

休館日の彼女たち

八木詠美

筑摩書房

休館日の彼女たち

装画　ルネ・マグリット《困難な航海》
（1926年、油彩／カンヴァス、80×65cm、個人蔵）

装丁　名久井直子

女神が、いた。八角形の部屋で、豊かな肢体を器用にくねらせて。

「あの、こんにちは」

「あなたね。ようこそ」

意外とハスキーボイスだった。メゾソプラノとアルトの間で、どちらかと言えばアルト寄り。もしも合唱をすることがあればだけど。

紹介状を渡そうとすると学芸員が素早くそれを手に取り、女神の前に広げた。私はたちまち硬直する。どうやって女神に手渡すつもりだったのか。しかし彼女は特に気にする様子もなく、やがて口を開いた。

「ホラウチリカさんね。ホーラとお呼びしてもいいかしら」

私はうなずいた。唐突な呼称の宣告に戸惑っていたが、だからといって希望の呼び方があるわけでもなかった。女神は目を細めた。黒目のない目を。

「私のことはヴィーナスと呼んでほしいの、アフロディーテではなくて。ギリシャ神話風だけれども生まれはローマなものだから。まあ、これも英語読みだけれども」

これもうなずく。ヴィーナスはさらに目を細める。彫り刻まれた微笑みを、あふれんばかりに。

「結構だわ。ねえ、私の喋り方は速すぎない？　あなたが大学で学んだ様式に合っている？　もしちがっているようなら遠慮なく教えてほしいの」

「いえ……すごく聞きやすいです」

お手本みたいに、としばらくためらった後に私は付け加え、手のひらをレインコートに擦りつける。汗がひどかった。

「よかった。まあ、見本みたいなものかもしれないわ。まだラテン語がイタリア語やらフランス語やらに分化する前の、ローマ帝国が分裂するなんて誰も想像しない時代だったもの」

ヴィーナスは声を立てて笑った。むき出しの白い肩も薄い脂肪に包まれたなめらかな腹も微動だにしなかった。どうやら大理石の体は首から下は動かないというルールらしい。

そのアルバイトは決して分は悪くなかった。ただ、あまり聞いたことがない種類の仕事ではあった。

紹介したのは、一度だけ講義をとったことのある教授だった。数年ぶりにその駅で降り、山火事みたいな騒ぎのロータリーを過ぎて校門をくぐり、お揃いのパジャマのような服を着た女の子たちとすれ違いながら坂を上って北棟にある研究室に入ると、古びた若草色のカーペットが目に入った。新入生だろうか、中庭からもれてくる歓声を無表情に吸い込む毛足を見つめるうちに、紹介状が差し出された。大学の名前が印刷された封筒が。顔を上げると見覚えのある人が立っていた。

けれど私の両手はそれを受け取ったものの、宙に浮かんだままだった。

「すみません、できるかどうか自信がなくて」

「会話のレベルで言えばあなた以上の適任はいません。少なくとも、今生きている人間で」

教授は私の背後にいる人に向かって話しかけているみたいだった。

「家庭教師のようなものだと思えばよいでしょう。それより簡単です。ただ話せばいいんですから」

「でも向こうはネイティブみたいなものですし、それに」

それに、その話すというのが。しかし続きの言葉は黄色のビニールを前に、音もなく落下していった。閉園時間を迎えた公園の噴水の水しぶきみたいに。私が息を吸ったり口をすぼめたりしているうちに、教授は見えない水でも入ったのか耳の水抜きをするようにとんとんと低く飛び跳ね、やがて鏡に向かい上着を整え始めた。どうやら会話は終わったらしい。私は仕方なく大学を後にする。パジャマの女の子たちは校門前のベンチで、お揃いのサンドウィッチを食べていた。

博物館はバスでいくらか乗った先にあった。停留所から歩けば目につくのはハクモクレンの花弁ばかりで家々も商店もその骨のような白さに埋もれる中、私は教授に渡された地図を見返しながらようやく建物を見つけた。窓がほとんどないコンクリートの壁や青銅の扉は見るからに古び、古今東西の文化財や史料が集められた場所というより誰もいなくなった学生寮のようだった。私は「本日休館」の札を通り過ぎ裏口までたどり着くとスマホを取り出し、指定された電話番号にかけた。二コール目で扉が開き、促されるままに中へと入る。会員制のパーティーみたいに。

　けれどここは来館者を歓迎していないようだった。とりわけ、生きている者を。展示品の保存のためか館内は死体安置所のように冷やかで、床に壁に、あらゆる場所に薬品のにおいが染み込み、吹き抜けの天井に鎮座するシャンデリアもホールに連なる可憐なミルクガラスの照明も、今日はそっと暗く目を伏せている。ガラスケースに入った化石や土器なんかの展示を通り過ぎると、表玄関のラックには子ども向けのイベントや地域のフリーマーケットの案内が並んでいるのが目に入ったが、本当に行われるんだろうか。この眠たげなチラシに書かれた日時が世界のどこかにいつかやってきて、子どもたちが集まって科学の実験をしたり、神社の参道で古いセーターやオーディオが売られたりするなんて。

　色あせたカレンダーのような視界の中で唯一動くのが、先を歩く学芸員だった。

「足元にお気を付けて」

　私が階段で裾につまずくのを予知したように、彼は振り返った。ハシバミというその学芸員はひどく顔が整っていた。年齢はわからないが白いシャツと細身のパンツが青年然としたその姿は、人というより花瓶や漆器といった工芸品に近い美しさをたたえていた。私はポケットの中で紹介状を握りしめる。私は顔のいい男の人が苦手だった。特に顔がよくて親切な、あるいは親切そうな男の人が。

しかし光に引力があると力説する学者がいれば、私の左手は率先してその証明に貢献するだろう。階段を上がった先の扉が開くと私は思わずアーチ形の窓に吸い寄せられた。外観からはわからなかったが建物の中央はくりぬかれて木々や小さな池が広がり、そのささやかな中庭を見下ろし囲むようにめぐらされた廊下は透明な明るさに満ちていた。柱に施された花束のレリーフを指しながら、ハシバミは説明する。

「この建物は、地元の資産家の邸宅を寄贈されたものなんです。今日は扉を閉めていますが、二階は彼の蒐集品が展示されています」

どこかの展示室から管弦の調べがこぼれ出る。なめらかに駆け上がるオーボエの跳躍、古い記憶を木槌で掘り起こすようなティンパニーのロール。貝殻の模様が彫られた扉の前を通れば潮のぬるい香りが漂い、波の音が聞こえてくる。扉の下の隙間から象牙色のレースの裾がのぞく部屋もあった。私の知らない博物館の横顔が、休館日を謳歌していた。

そしてその部屋は一番奥にあった。ハシバミが重そうな鍵の束から一本を選んで差し込むと、カチリという音とともに扉が開いた。廊下のガラス窓にぼんやりと映る黄色のレインコートを無視し、私は扉の先へと目をこらす。

「こちらへどうぞ」

どうやらここが職場らしい。シフトは週一回、経験不問、ただし日常会話レベルのラテン語必須。仕事内容は古代ローマのヴィーナス像の話し相手。

私は改めて展示室を見やった。ヴィーナスに気づかれないように、黒目を目の縁に少しずつ沿わせて。

神話のような部屋だった。ドーム状の天窓から光が絶えず射しこむ中、彼女たちは星座を浮かべるみたいに台座に佇んでいた。こちらを睨みつけるヘラ、猟犬を連れたアルテミス、鎧をまとったミネルヴァ。ギリシャ神話やローマ神話の女神たちが八人。古代ギリシャ語だろうか、あるいは別の言葉だろうか、血の気のない白い唇たちが退屈に任せてレース模様を織りなしていく。その饒舌な模様が重なり合って落とす影の先、八角形の最も奥に彼女はいた。

あら失礼、とヴィーナスは口を開く。凍りついたような肩と対照的に、その顎は実になめらかに動いた。

「ハシバミ、ホーラに椅子をもってきて。立ったままではいけないわ」

学芸員は展示室の隅にあった監視員用らしい椅子をこちらに持ってくる。そして再び女神の脇に戻ろうとするとアルトの声は「ありがとう、下がっていいわ」と間髪入れず告げた。

「けど」彼のラテン語はどこか切実な響きがあった。

「大丈夫よ、何かあれば呼ぶわ」女神は続けた。「扉は閉めてね。必ず」

ハシバミは私をちらりと見やり、やがて出入口へと向かうと一礼して扉を閉めた。硬い足音が遠ざかると彼女は言った。「座って」私は椅子に腰掛けて顔を上げ、すぐに下げる。俯き気味の女神とちょうど目が合う高さだった。

彼女はいかにも愛と美の女神だった。台座の上で豊満な体を見事なS字にしならせ、美しいけれど人の顔の個性となるものを丁寧にそぎ落とした顔で微笑んでいた。ほうれい線も目尻の皺もない左右対称の顔は幸福の中にひと匙の諦めがあらかじめ刻まれ、それが彼女をより優雅に、神秘的に見せている。決して揺れることのないひだが華麗に流れるその衣服は、着衣として身体を覆い守る気概はまるでないらしく、豊かな胸も丸い腰も隠さずそれは私を落ち着かなくさせた。起伏に乏しい体ごと。身じろぎすると女神は尋ねた。

「椅子が合わないかしら」

「大丈夫です」

私は反射神経のように答え、できるだけ感じのいい笑みを浮かべようと努める。しかしその答えは十分でなかったらしい。ヴィーナスは盗みをはたらいた子どものポケットの中身を確認するように再び尋ねた。

「ホーラ、その椅子は快適？」

「はい、大丈夫です」

「ねえ、あなたは会話を最小限の単語で終わらせるための学校とかに通っていたの？教えて、その椅子は本当に快適かしら。あなたにとって」

私ははじめて椅子の奥行きを意識した。続いて自分の脊椎の位置と、かかとの浮き具合を。レントゲン写真を指でなぞるように。

「少し座面が高いのかもしれません」まだ答えが短いかと思い、付け加える。「私は足が短いから」

「ありがとう、あなたのことを教えてくれて。わからないのよ、椅子に座ったことないものだから。じゃあそこのベルでハシバミを呼んで」

言われた通りにカーテンに近づくと小さな金色のベルを見つけ、私はそれを遠慮がちに振った。乾燥もひび割れも知らない唇が波打つ。

「あなたの脚の長さについてはまだ知らないけれど、とりあえずそんなふうに自分で言う必要はないわ」

女神は微笑む。私の体は硬くなる。彫刻みたいに。

足音が近づき扉が開くと、ヴィーナスは学芸員に新しい椅子を持ってくるように指示した。すぐに来てくれたことをねぎらい、椅子の大きさを的確に指示するヴィーナスは優秀な上司のようだった。博物館の外で働くことがあれば。

扉が閉まる音から一拍待ち、それで、とヴィーナスは再び口を開いた。

「今日は来てくれてありがとう。ラテン語が本当に堪能なのね。ハシバミがあなたの先生に伺ったところ、まっさきに推薦されたそうよ。すごく優秀だって」

「そんなこと、ないです」白い両目から逃れるように息を細く吐く。

「あるから言っているのよ」女神の言葉にはよどみがなかった。「大学はもう卒業したと聞いたけれど今は大学院とか？」

「大学院なんて、いいえ、今はその、ちょっとした作業みたいな」

私は言葉を捕まえようとした。つなぐべき言葉を。けれどそれは必死に追うほどに軽々と姿を消し、あるいは哀れに落下し、私はレインコートの中で押し黙る。このアルバイトをクビになることをわずかに期待しながら。しかしヴィーナスは「作業っていいわね」とつぶやくと、この仕事の説明を始めた。

仕事内容や条件は教授から聞いていたものと変わりはなかった。仕事は彼女と話すこと。シフトは博物館の休館日である月曜日。月曜日が祝日で博物館が開館する場合は翌日。交通費支給。試用期間は三か月。

「休むときは二日前までに連絡をしてくれれば問題ないわ。もちろん体調や天候によっては当日でも」

私はうなずく。学生時代に半年だけしていた家庭教師のアルバイトは担当の家庭がとにかく時間に厳しく、雪で電車が止まった日は大慌てでバスを乗りついでその小学生の家に向かった。濡れた靴下の冷たさに爪先の感覚を失いながら。しかし約束の時間にチャイムを鳴らすと彼の母親は「せっかくの雪だから遊ばせてやりたいの」と指導日を振り替えることをその場で告げ、私は生徒とペットのゴールデンレトリーバーがお揃いの立派なモンベルのダウンを着て、テニスコート二面分くらいはありそうな銀色の庭を駆け回るのをしばらく眺めた。それに比べればこの仕事ははるかに好条件のように思える。少なくとも女神は天候に応じて予定を変えることはなさそうだった。大理石の脚が台座を突然降りることは。

けれど私はまだこのアルバイトを辞める理由を探し続けていた。場違いのように思った。女神は美しくあまりにむき出しで、一方私は余計に着こんでいた。いつも。額ににじむ汗を拭う。いつのまにか黄色のフードが目もとまでずり落ちてきた。ふと、ヴィーナスは小さく欠伸をした。「ねえ、ホーラ」アルトの声がくぐもる。

「あなたは眠りは深い方?」

「普通だと、思います」うつむきながら答える。完璧なバランスで作られた口もとが歪む様子をあまり見ないように。

「いいわね、私はいつも眠りが浅くて。健康な胃腸があれば、まず飲みたいのは睡眠薬ね。二度と目覚めなくてもいいくらいの」

私はそのときはじめて彼女の作品解説の札を見た。「パリアノのアフロディーテローマ人によるギリシャ彫刻の複製　一〜二世紀」二千年もの年月が底のない塵とわずかな人熱れとなって音もなく駆け、夥しい数の昼と夜が目まぐるしく過ぎていった。それはどんな装飾品よりも裸の女神を優雅に飾り、同時に近づきようのない孤独で彼女を包んだ。

展示室の扉の向こうから足音が近づいてきていた。ねえ、とヴィーナスは声をひそめる。何か大きなものからろうそくの灯りでも隠すみたいに。

「どんな絵画も彫刻も一晩の夢の美しさには及ばないわ。そこでは別の誰かになれる、別のどこかに行けるんですもの。私は私の果てなく続く時間から逃れられる」

あなたも一緒に来る？　その冗談めかした言葉は唐突に私の素肌を撫でていった。レインコートの内側の。意味の行き場もないまま。

ハシバミが椅子とともに持ってきた雇用契約書に、私はいつのまにかサインと捺印をしていた。アルバイト代は銀行振込みで翌月十日支払い。

あ、通った。

私は思わず立ち止まる。アパートの錆だらけの階段からは橋が見えた。ほとんど誰も通らない、イワシの小骨のような橋が。眺めていると、背後ですり硝子の窓が細く開いた。私はフードの隙間から空気を吸い込む。温かな料理の香りと、そこに潜む香ばしい予兆を。

このアパートを見つけたとき、私はすぐに入居を申し込んだ。とにかく古いし、町工場が立ち並ぶ地帯で所在なさげに佇む二階建てアパートは日当たりの面では最悪だが、家賃は安く、白壁を覆う蔦は見方によっては味がある。バス・トイレ別、二口コンロ、ウォシュレット付きで、なぜか部屋には固定電話まであった。

一つ予想外だったのは、大家も付いていたこと。建物に、というか日常に。

私は階段を駆け下り、ドアを開けた。鍵はかかっていない。玄関にたまっていた段ボールをまたぎ、玉すだれののれんをかき分けると年中漂う、タマネギを煮たような生温かいにおいの中でセリコさんが鍋を覗き込んでいるのが目に入った。白熱灯のもとで香ばしく焼き目を付けたミトンが、小さな焰へと姿を変えようとする横で。

「おかえりなさい。がっこでしたか」ガラス細工みたいな体が振り返った。

私は黄色い裾に足元をとられながらミトンを流しに投げ込み、蛇口をひねった。水音とともに、焦げ臭いにおいが残る。セリコさんは通過するエレベーターでも見ているようにしばらく流しを眺め、再び尋ねた。がっこ？　卒業して数年経つが、セリコさんの中の私はいつまでも学生のままだった。

バイトを始めたんです、派遣との掛け持ちで。私は答えながら食卓に目をやった。電話帳、たまごボウロ、牛乳、毛糸の帽子。牛乳は賞味期限を四日過ぎていた。

セリコさんは色素の薄い目を見開くと、いつもよりさらに甲高い声を上げた。

「そでした、そでした。新しいバイト。リカさんは女神さんとお話しされる。ギリシア語で。すごいことです」

いいえ、ラテン語です。ほとんど必要のない訂正をし、私はセリコさんが見ていない隙に牛乳を流しに捨て上から水を流す。白い膜がマーブル模様を描き細く伸びていく。

「すごいです、とにかくすごいです。ロシア語なんて、あたしにはとても」

耳が悪いんです。まあ、耳だけじゃないんですけどね。一人暮らしの高齢の叔母の世話から解放された姪は、にこやかにそう言うと私の手に部屋の鍵を握らせた。格安の家賃につられた新しい下宿人の手に。セリコさんは彼女の隣で微笑んでいた。

翌日から電話は活躍した。旺盛に。それは生活相談窓口だった。セリコさん専用の。

「すんません、古紙を縛ったんですが持つと腰に来ましてね」

「けんこしんだんに行くバスって九時台だと何分発ですかね」

アパートを覆う蔦が、セリコさんがベランダで育てていたゴーヤのグリーンカーテンが野生化したなれの果てだと知ったのは、引っ越してきた翌月だった。

セリコさんは流しのマーブル模様をしばらく不思議そうに眺めると、やがてこちらへと振り返った。鍋の中が茶色く光った。

「リカさん。ちょどおゆはん、できたとこです。ご一緒にどでしょ？」

私は静かに退散し、階段を上がる。橋は誰も通らない。

【A—4】「朝食ブルーベリー（冷凍）」三個
【A—7】「フルフルいちごワッフル　業務用」二個
台車が軽く軋み、四つの車輪の軌道がわずかに狂う。私は体重をかけて引き止める。息が短く、白くのぼる。進行方向を見すえて注意深く力をかける。すると台車はまっすぐに進み出し、私は肩の力を緩めながら脇に挟んだピッキング指示書をポケットに戻す。まばたきをし、眼球がひどく冷えていることを知る。
別の棚へと向かう途中、イケダさんに声をかけられた。

「あとでシフトの相談いい？　今月ちょっと足りなくて」

はい。返事の声は瞬時に凍りつき、落下する。しかしここでは誰も気にしない。マイナス二十度の冷凍倉庫では。会社のロゴが入った防寒ジャンバーがシロクマの群れの亡霊のように往来する中で、鈍い銀色のぶ厚いドアには場違いに鮮やかな黄色が浮かび、私はその落ちてきた袖を折り返す。ジャンバーの上のもう一枚の袖を。そうして巨大な冷凍倉庫から商品を探す。【C—1】「お弁当用黒豚入りシュウマイ」を。

はじめて「それ」に気づいたのは、小学校の授業中だった。算数の時間で、垂直と平行を教わっていたとき。さあて、窓を見てみましょう。担任の先生が言った。

「上の枠と右の枠が直角に交わっていますね、これが垂直」

先生は太っていて、いつも胸元にコサージュをつけていた。砂糖菓子のようなスイートピーから静脈みたいな色のバラまで。コサージュを保管するための部屋でも持っていたのか、先生が同じものをつけているのを見たことは一度もなかった。

「さあて、次は上の枠と下の枠です。右の枠にどちらも垂直ですね。これが平行。平行の直線はどこまで伸ばしても永遠に交わることがありません」

えいえんにまじわることがありません、私は口の中で反芻する。なんだかおそろしい予言を聞いてしまったような気がした。

そのとき鉛筆を握る自分の手が、まっ黄色の袖に覆われているのに気づいた。そして腕だけじゃなくて、胸や足元まで。思わず立ち上がる。鈍い音を立てて椅子が倒れる。教室のみんながこっちを見た。ユウキくんも。

「ホラウチさん、どうしたの?」

先生は先ほどと同じ声音で尋ねた。二本の直線の位置を確認するみたいに。

「なあに、トイレ?　具合悪い?」

「ちがくて」

ペラペラとしたビニールからわずかにのぞく、上履きの爪先を見つめながら答える。

「服が、変で」

「どう変なの、かわいいくまちゃんまでいるじゃないの」

先生はそう言い、まん丸の顔で微笑んだ。本当だった。もう一度見ると黄色のビニールは消え、私はいつもの草色のセーターを着ていた。裾には間抜けな顔をした熊のワッペンがへばりついている。

急に黄色が消えてどうしていいのかわからなくなった私が、やっぱトイレ、と言って教室を出ると、みんながブザーで押されたように笑い出すのが聞こえた。もしかしたら本当にあったのかもしれない。冗談を言うべきタイミングや、放課後の公園の集まりにさりげなく参加できるタイミングを教えてくれるブザーが。廊下に出たものの尿意はなく、私はとりあえずトイレに行って薄暗い洗面台で適当に手を濡らして教室に戻った。

しかし次の日からも、その黄色はときどき現れた。最初は主に、鏡やガラスの中に。よく見ると、いやよく見なくてもそれはレインコートだった。大きめのフードとポケット、安っぽいファスナー付きの。掃除の時間、私は鏡を拭くふりをしながらお腹のあたりにこっそり触れてみた。そこには温度も重さもなかった。けれど薄い膜のような何かが手のひらにまとわりつき、枯葉を踏むような音を立てた。着ている、と私は知った。私は洋服の上にばかばかしい黄色いレインコートを着ていた。

それは動きづらかった。階段で、避難訓練で、体育の授業の五十メートル走で、私はよく裾につまずいて転んだ。あまりにもよく転ぶので先生は私が関節か何かの病気じゃないかと疑い、病院の検査に連れていかれたが骨密度の高さをほめられて帰され、その翌日にはまた転んだ。

また、それは暑かった。レインコートは通気性が悪く、私はよくのぼせるようになった。特につらいのが給食係のときで、洋服の上に白衣を羽織り、その上にさらにサウナスーツのようなそれを着て湯気が立ちのぼる味噌汁やスープをドラム缶からよそううちに汗が止まらなくなった。まっ赤な顔でコーン入り卵スープをかき混ぜていると体調が悪いのかと心配してくれる子もいたが、算数の授業のこともあったので私は「なんでもない」と答えた。一方では寒さに強いという利点もあったが、ストーブに近づくとビニールが焦げるような嫌なにおいがするので、クラスの女の子たちが冬にストーブのまわりに集まってお喋りをしたり、トランプをしたりしているのにも私は近寄らなくなった。

そうして一年ほど過ぎたある日、ユウキくんに「もしかしてだけどさ、いじめられてる?」と聞かれた。ユウキくんは家が隣同士だけど、なぜかお互い学校ではまったく口を利かず、喋るのはいつも家のベランダだった。「少し話題が合わないだけ」と答えると、ユウキくんは妙に深くうなずいてベランダの柵から腕を伸ばし、ヘビの抜け殻でも触るみたいにぎこちなく私の頬を撫でた。それが最後だった。人の肌に直接触れたのは。

レインコートはやがて日常的に現れるようになった。チャイムが鳴ってから先生が教室に来るまでのざわめきの中で、遠足のバスのお喋りの中で、いつまでも終わらない文化祭の係決めで。鏡やガラスに映るだけでなく、次第に直接視界に飛びこんできたり肌に当たるようにもなってきた。それはやわらかな壁だった。その中ではまわりの楽しげな会話もビニールがこすれる不快な音になり、顎まできっちりと閉められたファスナーが喉をふさぐうちに私自身の声もずいぶん小さくなった。汗のにおいが気になり、人に近づかなくなった。背中や脇によく汗疹ができた。

それはどんな服を着ても、あるいは着ていなくても、気づくとそこにあった。私はいくつかの技術を身につけた。会話は短い言葉でなるべく簡潔に済ませ、話が長くなったり混み合ってきた場合は喉を指して少し困ったように口角を上げれば多くの人は勝手に納得してくれた。長い裾につまずいて転ぶことは今でもたまにあるものの、駅の階段などではまわりの人に気づかれないようにさりげなく裾を持ち上げる技を身につけ（左右のポケットに両手を入れて捲し上げるとよい）、落ち葉やゴミが張り付いたときには籐の布団たたきで叩くとすぐに落ちることに気づいた。

それに、と私は思う。レインコートでの生活は考えようによってはなかなか快適だった。そこは集中して学校の課題をするには最適の場所だったし、大学の同じ学部の人と二か月だけ付き合っていた間だって、その人が部屋に入るなり発作みたいに突然のしかかってきたときも直接肌に触れずにセックスを済ませることができた。

気づけばレインコートは年々ぶ厚く、長くなり、肌のように絶えず私を覆っていた。ユウキくんは高校に入ると友だちとコンビニで万引きをする様子をＳＮＳに上げて問題になり、知らないうちに一家みんなでどこかに引っ越していた。

「じゃあ十分休憩入りますー」

イケダさんが声をかけて、他のスタッフたちがぞろぞろと冷凍室を出て行く中、私はエビの入った箱を整理するふりをした。

やがてイケダさんがやってきた。

「ホラウチさんも休んだら？　寒いでしょ」イケダさんは体も声も大きいが、いつも風邪をひいているみたいな声だった。

「いえ」

「え？」

「いえ、大丈夫です」私は少しだけ声を張り上げた後、息を吐いた。

学生のときに冷凍倉庫で仕分けのバイトをしたことをきっかけに、卒業後は派遣会社に登録していくつかの冷凍庫で働いてきた。まったく楽ではないし、レインコート一枚ではなんの防寒にはならないものの（他のスタッフと同様、防寒ジャンバーの下にはヒートテックを重ね着しなければいけない）、どの冷凍倉庫でも話しかけたりコミュニケーションをとろうとする同僚がほぼおらず、何より汗の心配をしなくていいのはよかった。一度庫外に出ると温度差で汗がしばらく止まらなくなるので休憩時間もほとんど外には出ないが、そうして働き続ける私を多くの職場はそれなりに重宝してくれた。無口で真面目、扱いやすい。

イケダさんも休憩をとるのかドアの方へと向かっていったが、途中で振り返った。

「今月もしよかったら出勤日増やさない？　バイトくん、一人やめちゃってさ」

「増やします」言った後に思い出し、付け加える。「月曜日以外なら」

「お、月曜日なにかあるの？」

私は何かを言おうとするふりをし、それもすぐにやめて喉を指して首を振った。イケダさんはわかったというように笑ってうなずき、ＯＫサインを作ると出て行った。重いドアがゆっくりと閉まり、庫内は静まり返った。

冷凍倉庫といっても、そこかしこにつららがあったり一面が白くなったりするわけではなく、見た目は普通の倉庫だ。ただ、とてつもなく寒いだけで。私は凍りつきそうな肩甲骨をほぐすように腕を伸ばすと、棚に並ぶエビを眺めた。【F―2】「急速冷凍　活き〆くるまえび」生きたまま氷水につけ冷凍され、やわらかな身を鋼鉄のように固めたエビたち。

凍りついた食品たちに囲まれながら私はときどき、想像する。彼らが最後に見た光景を。エビたちは氷水の中で何を考えるんだろう。少しずつ血の気を失っていく夕方の空のように意識が徐々に遠のくのか、楽しかった海での思い出を反芻するのか、あるいは来世ではより強靭な甲殻がほしいと望むのかもしれない。隣の棚のブルーベリーならば何を思い出すのだろう。果樹園の木々の葉に宿る朝露のまばゆさか、不意に襲来しては仲間たちをついばんでいったヒヨドリやメジロの憎らしい影か。私はまた、想像する。このまま私も凍りつき、心も体もすべて預けて棚の一つを居場所として分けてもらえたら。私は腕を伸ばす。その指先に霜が降りるのを待つ。

銀色のドアが開き、冷凍は止まる。

「さあ、午後の続きもがんばりましょうー」

イケダさんの声が響くと、シロクマの亡霊たちが気だるそうに棚に向かい散っていく。私は台車を押し、次の棚に向かう。

【H―3】「訳アリ人形焼き（こし餡）」四個

「ラテン語は屈折語です。名詞は六種類の格により変化し、動詞は時制が六つ、法が三つ、態が二つ。形容詞も性・数・格に応じて語尾が変わります」

最初の講義で、やめようと思った。無理だと。けれど大学一年生のときの私は講義を「切る」ということを知らず、授業は着々と進んでいった。「あなたは見ている」直接法、「あなたは見るべきだ」接続法、「見ろ」命令法。今は話されなくなった言語の語形変化に、時制に、意外とおおらかな語順に、私は少しずつ体を埋め込んで単語を一つ一つまとった。そこでは普段の言葉で話すよりもかえって自然に喉が開き、声が出た。屈折に、守られていると思った。渦巻く殻がカタツムリのやわらかな肉を包み、守るように。

ただし、その言葉で誰かと会話をするとなれば話は別だった。例えば、目の前の台座に佇む大理石の女神と。

「まつ毛」

その象牙色の二重まぶたに引き寄せられるように、私の唇は展示室に一つのしみを落とした。私の体は固まる。いつ覚えたのかも記憶にない単語が口を衝いたことに。それがこの場にそぐわないことに。

「まつ毛？」ヴィーナスの声も少しだけ硬くなる。

「まつ毛が、ないと思って」

私は天窓を仰いだ。さっきまで見つめていた一対の瞳から今度は逃れるみたいに。見えないファスナーがじりじりと喉を締め上げ、汗のにおいが鼻を刺激する。けれどヴィーナスは首を動かさずにあたりを見渡すと、表情を変えることなく言った。

「確かに私たちってみんなまつ毛ないのね。気づかなかったわ。どうして彫らなかったのかしら。あなたはどう思う？」

私はしばらく考えた末、正しくも面白くもない答えをしてしまう。

「埃がたまらないように」慌てて付け加える。「ちがうと思いますけれど」

女神はまばたきをした。まぶたはあるのだ。

「私も正解なんて知らないわ。彫刻家だってきっとよくわかってなかったのよ。他の彫刻家もそうしているからって。眉毛も産毛もないし、髪以外の体毛は認められないのかしら、私たち」

ヴィーナスは短く笑った。雨音みたいな笑い声だった。私はかすかに安堵する。ファスナーは緩やかに下がっていく。


二度目の月曜日の午後も、女神は同じ場所にいた。豊満な体を相変わらず見事にくねらせ、淡い微笑みを滴らせながら。

「今日は自己紹介をしましょう」ヴィーナスは提案した。「だってこの前のあなたは、十語以上の単語を話したら倒れちゃいそうな雰囲気だったんだもの」

じゃあ、私からと彼女は言う。他の女神たちがそれぞれの言葉でお喋りをしている中でも、彼女の声は不思議とくっきりと響いた。

ヴィーナスは古代ローマの生まれだった。ギリシャ人が多い工房だったが、彼女を作ったのはローマ人だった。彼は同時代の貴族の彫刻を作ることよりも、ローマ軍によって遠征の戦利品として持ち帰られたギリシャの美術品に夢中になり、いくつも模倣した。ただし彫刻家は東方の古典芸術の美しさに魅了されたものの、その言葉には無頓着だった。

「古代ギリシャ語が喋れたら、話し相手ももう少し増えたんだろうけど。例えばあの子。ギリシャ語だけなの」

彼女はそう小声で言って、水瓶を抱える女神の彫刻を見やった。髪を長く垂らした彼女は柔和なアルカイックスマイルを浮かべ、左右対称の姿勢で佇んでいた。

ヴィーナスによると、彼女も含めて海外の美術館や博物館での展示が長い作品の多くは多少の英語は話せるが、ほとんどは挨拶程度らしかった。例外的にほぼ全員が話せるのがトイレの場所で、やたらと周囲を見回す顔色の悪い来館者を見つけては、そっとつぶやいてやるのだという。

「でも日本の彫刻って英語ダメっていうのよね。特に仏像」彼女は面倒そうに言うと、じゃあ次はホーラの番、と私の顔を見た。

「ねえ、あなたはどうしてラテン語が話せるの?」

「大学の一年生のときに、たまたま講義をとって」

どこか甘やかに、歌うように話す彼女の後だと私のラテン語はあまりにたどたどしく、すっぱくて硬いばかりの桃みたいだった。

「でもそれだけでは話せないでしょう？　読んだり書いたりできるという人はそれなりにいるけれど話せる人は久しぶりだわ。ハシバミ以外に」

「でも発音が変です」

「正しいも変もないわ。もうほとんど誰も話していないんだもの。自由に話せばいい」ヴィーナスは笑った。「これまでも誰かネイティブと話していたの？」

「二年生以降も空き時間に何度か受講していたんです。単位もほしかったし」

　ヴィーナスはまだ視線を外さない。まつ毛のない瞳の行き先を。

「ホーラ、教えて。あなたの秘密を。ひょっとしてご家族がバチカンの司祭とか？」

　冗談めかして言う彼女に私は負け、フィンランドに短期留学したときのことを少しずつ話した。ぎこちなく、ためらいながら。

　気の迷いで申し込んでしまった留学先では、寮のルームメイトの無口な女の子がいつもラジオを聞いていた。フィンランドの国営放送にはなぜかラテン語のニュースがあり、彼女がその日聞いていたのはそれだった。留学生同士の陽気な会話に気遅れしていた私は、無骨な古いラジオから流れてくる言葉に耳を止めた。音声を聞くこと、それも公共の電波にのることなどないと思っていた言葉に。

彼女は問いかけ、私は答えた。

「芸術は長く」

「人生は短し」

以来、ルームメイトとはなぜかラテン語で会話をするようになった。それは親睦のための会話というよりトレーニングだった。ボクシングかなにかの。彼女は私のフォームを整え、ジャブをチェックし、ミット打ちを繰り返させた。母音を発音するときの長短すら怪しかった私のラテン語は彼女によって鍛えられた。突然現れたラテン語のレッスンは、週末の小旅行やイベントなど他の留学生からの誘いを断るよき口実でもあった。彼らがムーミン博物館に歓声を上げてクラブで踊り明かす間、私は寮の一室で、世界中の言葉や思想に痕跡を残しつつも今やほとんど人々の口にのぼることのなくなった古典言語の習得にひたすら励んだ。

そんな話をするとヴィーナスは再び雨音のような笑い声を上げ、お茶を勧めた。

「お口に合うかしら？　私はあまり詳しくなくて、ハシバミに頼んで買ってもらったんだけれども」

「おいしいです、とても」

お世辞ではなく本当においしかった。しわ一つないテーブルクロスには、本当は飲食禁止なのですが、と言いながらハシバミが出してくれた金の蔓模様のティーカップとポット。お茶はむんと濃い赤で、でも飲むと軽くてハチミツの香りがする。ただし、ヴィーナスの前に置かれたカップは一向に中身が減ることがないままとうに湯気を絶っていた。

私はティーカップに目を落とすふりをしながら、目の端で彼女を見つめた。イルカが象られたアールデコ調の照明の下で、これまで巡ってきた美術館や博物館の話をするその姿はインタビューに応じる大女優のようだった。数々の台座が彼女を、美を求めてきた。私の体は再び硬くなる。

ねえ、ホーラ。彼女がそうささやくのと私のレインコートのフードが下りるのは同時だった。カタツムリは臆病。少なくとも、さっさと殻を退化させることを決めて脱ぎ去ったナメクジよりも。

「素敵ですね。あなたは選ばれている」

「けど私は選んでいない。何も」

彼女は微笑みを絶やさなかったが、その声はひどく乾いていた。雨は止んでいた。

ふと私は、ルームメイトだった彼女に、メールアドレスすら訊かずに帰国したことを思い出した。

「おばあちゃんとレズなの？　あんなにおばあちゃんなのに？」

引っ越してきたばかりのころ、郵便受けの前で突然声をかけられた。それはちょうど「テレビが喋らんのです」と電話をかけてきたセリコさんの部屋から帰るときのことで（テレビとつないだ補聴器の音量がゼロになっていた）、郵便受けを覗くとポスティングのアルバイトがやけを起こしたのか同じピザ屋のチラシが大量に詰め込まれ、取り出そうと格闘していた最中だった。声の主は私の左隣の部屋に住んでいる男の子で、ドアの前に座り込んでいるのを見かけたことが何度かあった。ちなみに右の隣人は一度も姿を見たことがなく、毎日明け方にトドの鳴き声のような声を上げてシャワーを浴びることしか私は知らない。

男の子の、上の前歯が抜けて風通しのよさそうな口もとを見ながら、私はどう返事をすべきか思案する。二人とも島みたいな場所にいるの、飛行機も船の便も途絶えたそれぞれの島に。

けれどそれらの言葉はビニール素材を越えることなく無残に落下し、私はいつものように困ったような顔を作りながら喉元を指すと男の子が尋ねた。

「喋れない？　病気なの？」ひどく心配そうな顔だった。

レインコートのフードに顔をうずめ、ピザ屋の割引券付きのチラシをなんとか彼に押し付けると、私は何度も転びそうになりながら階段を上がって自分の部屋へと駆け込んだ。その日の夜はマルゲリータと照り焼きマヨネーズのにおいがアパート中に充満した。

私はハシバミに続いて出口へと向かっていた。セキュリティの関係か、私は彼なしで館内を歩くことは許されていないようだった。歩きながら私はヴィーナスの言葉を反芻する。その乾いた響きを、ひややかな微笑みを。同時に、やや傲慢なんじゃないかと思う。美しさを評価され、みんなに求められることがそんなに不満だなんて。

ハシバミが振り返った。気づけば一階へと続く大階段の前にいた。赤黒く伸びる絨毯が巨大な舌のような。

「ホラウチさんは一日が短いと思いますか」

街頭でのアンケート調査みたいだ。あなたは景気が良くなっていると感じますか?

「はい」

「一年は?」

「あっという間です」

「じゃあ一生は? この国では大体八十年とか九十年ですけど、もっと長く生きたいと思いますか?」

階段の手すりを指先で探りながら少し考える。目の前の学芸員がどんな答えを求めているのかわからず、手持ちの言葉をいくつか並べる。

「私はそんなに、長くなくていいです」

「もしずっと若く、美しいままいられるとしても?」

ハシバミは目を細めた。先週はじめて会ったときはその顔の整い方ばかりに目が向いていたが、こうして改めて見ると彼の肌はひどく白かった。何かから隠れるうちに物陰で眠り込み、何年も太陽の光を浴びていないみたいに。

「ええ。そんなにしたいことも思いつかないですし」

美しくもないですし。私はそう付け加え、レインコートの中の肘を掻く。汗疹だらけの肌を。

階段を下りる途中、石造りの手すりの表面に何かの葉だろうか、化石のようなものを見つけた。そういえば子どもの頃、叔父に連れられて化石の採掘をしたことがあった。確か従妹たちとキャンプに行ったとき。アンモナイトが見つかるかもしれないよと受付の人に言われ、従妹はずいぶん熱心に掘っていたが採掘場と銘打たれた川原はただただ広く、あらゆる石が化石に見えたかと思えば次の瞬間には化石なんかどこにもないんじゃないかという気がして、私は掘るふりをしながら適当にやり過ごした。自分がアンモナイトなら、何千だか何万年だかずっとひとりで過ごしていたのに突然掘り起こされても戸惑うだろうと思った。もし従妹たちが発掘してその日は喜々として家に持ち帰ったとしても、そのうち皆勤賞の賞状や学期末に持ち帰った図工の作品なんかと一緒に押入れにしまい込んで、そんなものがあることを忘れたままどこかにいなくなってしまうのに。

いつのまにか私はハシバミを追い抜いていた。彼は階段の途中で考え込むように立ち止まり、やがて早足で下りてきた。アンケートの回答の不備を確認するみたいに。

「ホラウチさんは、誰かを好きになったことはないんですか」

私は黙ってうなずく。彼の質問は質問の形をとりながら、どこか断定的な響きを帯びていた。

「恋をすると思うんです。永遠に生きたい、あるいは今日このまま終わりにしてほしいと」

恋。真空管の中に転がりこんできた火花のような言葉にたじろぎ、やがて私は儀礼的に尋ねる。「ハシバミさんはどちらですか?」

「両方ですね。今日のこのまま永遠にいたい。だから彫刻が好きなのでしょう。僕は人間よりも彫刻が好きです。ずっと一緒にいてくれる」

ハシバミはひっそりと微笑む。シャツの胸元で光る学芸員のバッチから目をそらし、私はあいまいに相槌を打つ。

「きれいですし」

「ええ、それに動かず黙っているところがいい」

彼は歩き出し、出口の扉を勢いよく開いた。四月の街は健康だけが取り柄みたいな顔をして、いつものようにそこにあった。

「来週のシフトは大丈夫ですか」「はい」

冷凍倉庫で働き始めて最初に驚くことは庫内が別に銀世界でないこと、次はペンが使えないこと（ボールペンはインクが出ず、マジックのインクも物に付着しない）、そして休憩時間が多いこと。とにかく休むことが推奨され、今働いている冷凍倉庫では午前中に一回、午後に二回の休みがある。もちろん昼休みも。

「じゃあ昼休憩入りますー」

イケダさんの風邪声が響くとどんな作業もそこで中断し、私たちは休憩室に向かう。コンビニの袋やお弁当を包んだバンダナなんかをぶら下げて。挨拶は「お疲れ様です」、そして「あったかいですね」。実際、冷凍倉庫でずっと働いていると二月の屋外でもすごく暖かく感じる。そうして私たちは防寒ジャンバーを脱いでお互いに一回り小さくなった姿で挨拶を交わす。凍りついた言葉を少しずつ解凍するように。

けれどその二つの挨拶をのぞくと、私たちには持ち合わせの言葉も共通の話題もなかった。なんとなく一つおきの席に座ってそれぞれ黙って食事を終えると、大体の人は机に突っ伏して眠るかスマホの画面を見て過ごす。ここで働いているのは若い男の人たちと、あとは数は少ないものの私よりずっと年上の女の人。男の人は割とすぐに顔ぶれが変わるけれど、女の人は大抵ここに長年いるらしく、肌が赤っぽく闘犬のような体つきをしている。そしてチャイムや社員の人の呼びかけなどはないけれど、時間になるとみな自然と立ち上がって倉庫に向かう。再び冷凍されるのを待っていたみたいに。

「ホラウチさんは、大丈夫？」

帰り際、肩を叩かれて振り返るとイケダさんがいた。ここの冷凍倉庫では、働いていると取扱商品が二割引で買える。私は食事の多くを社割の冷凍食品で済ませていた。多くというか、ほとんど。不健康だと思う人もいるのかもしれないけれど、冷凍の野菜は洗う手間もなくて衛生的だし、大きさだってすばらしく均等だ。冷凍された肉類はいつも解凍せずに調理するので私はもう何年も生の肉に触っていない。調理済みのおかずだって保存料を使っていないのでかえって健康的だと思う。多分、セリコさんが勧めてくる料理よりも。

私は社割の申し込み用紙に記入して帰り、冷凍ピザをトースターで焼いて冷凍野菜ミックスと冷凍ウィンナーでスープを作って食べ、眠った。いつ頃からだろうか、私の夢はずっと静止画。

セリコさんは「う」が足りない。ときどき「い」も。私がまだ学生で下宿を始めたばかりのころ、課題のために図書館から借りてきた詩集を見て尋ねた。

「そのご本、なんですか」

「詩集です」

私は表紙を見せた。確か「リマチの薬がないんです」と言って呼ばれた日だった。十分ほど探し、私が下駄箱から薬を見つけたときも、セリコさんはまだその詩集を眺めていた。

「ししゅ」

「ししゅう」

あの、たいせつなししゅなのにすんません。あ、ししゅう。セリコさんは何度も言い直し、同じ数だけ謝った。

「なくてもけっこつじるんです、う。あたしがあまり長く喋ると怒る人も昔いらしたので。中身がないくせに長く喋るて」

セリコさんのいう「昔」については何度か訊いてみたが、へその緒が首に巻き付いて仮死状態で生まれたこと、隣の家に巨大なお尻をしたおばあさんが住んでいたことから始まり、五歳のときに両親が弟ばかりひいきするので弟の額を物差しで叩いたら物置に閉じ込められたところでいつもクライマックスを迎えてしまうので、五歳から今にいたるまでのセリコさんの歩みは闇の中だった。今何歳なのかも。私が見かけるセリコさんはいつもタマネギのにおいのする部屋でテレビを見るか、パッチワークをしていた。パッチワークは用途のわからない巨大な布の塊へと日々進化を続けていた。

詩集を手渡すと、セリコさんはおそるおそるめくり、ため息をついて戻した。「リンゴと湯気」という詩集だった。

「こゆのを書かれる人は、おえらいせんせなんでしょね」

「だから本になったんでしょうね」

「自分の言葉が本になるなんて。あたしにはとてい無理です。誰も読んでくれません。字読むのだってぎりぎりで」

セリコさんは両手で頬を覆う。短い髪はまっ白だけど肌は妙につやつやとしていて、こういう仕草をするセリコさんはものすごいお年寄りにも小さな子どものようにも見える。でも、と私は息を幾分大きく吸ってから続ける。

「普段は自分の言うことなんて聞いてもらえないから、詩にしたのかもしれません」

セリコさんは眉を上げて目を見開いた。

りんごはゆげをにくまない、というか細い声が階下から聞こえ、詩集をセリコさんの部屋に忘れてきたことに気づいたのは翌朝だった。

気づけば毎朝の音読はセリコさんの習慣となっていた。どこで手に入れてくるのか、音読の対象は小説から雑誌の星占いコーナー、官報など広範囲に及んだ。もっともそれは秘密の習慣らしく、私が出かけようと階段を降りると音読の声はぴたりと止まる。いつしか私は部屋を出ると大きな音を立てて鍵をかけ、階段を下りる前に何度か足を踏み鳴らすことが日課となった。


土曜日の朝、私はいつもより遅く目覚めるとカレーを温め始めた。カレーは昨晩作った。短めのシフトを含めて仕事がまったくない週末は久しぶりで、この二日間はカレーを食べ続け、あとは何もしないつもりだった。具材は社割で買った冷凍のシーフードミックス。均一な大きさのエビやイカが浮かぶ鍋に火をかけ、私はパソコンでYouTubeのライブカメラを開く。

世界各地の様子がリアルタイムで配信されるこの動画が、私は好きだった。イタリアの広場にナミビアの砂漠、バンコクの観光センター。それらの場所に行ってみたいとは思わない。全くない。ただ私は、安堵する。その交わらなさに。フィレンツェのテラコッタ色の広場では人々はジェラートを片手にセルフィーを撮り続け、動物たちが集う砂漠の水飲み場は、長い角を持て余したオリックスたちにときおり占拠され、観光センターのカウンターでは訪れる人がひっきりなしに怒気まじりに何かを尋ね、尋ねられた方も同じくらい怒ったように返答する。彼らを包む湿度もにおいも、その目に映る光の加減もわからぬままそれぞれに朝が、夜が訪れる。

今日は国内を見ようと適当に地域を選ぶと、ある都市の通りの様子が映し出された。完璧な四月の土曜日だった。片側三車線を車が機嫌よさそうに過ぎていく脇は、街路樹付きの広い歩道。こちらより寒いのか、行き交う人々はまだ厚手のコート姿だがその足取りは軽く、木々は明るく波打ち、聞いたことのない名前のホームセンターもチェーンの回転寿司店も光って見える。私は想像する。ガーデニング用品売り場で発芽を夢見て眠る球根たちを、律義な警備員のように店内のレーンを巡回する炙りサーモンの艶めきを。

徐々に部屋中にカレーのにおいが広がるのを感じながら、私は通り過ぎていく人々を眺める。ベビーカーを押す家族連れに、大きなアタッシュケースを提げた男性。ふわふわとした洋服を着たチワワが女性に抱き上げられるのを、裸の柴犬が地面からじっと見上げている。嫉妬しないで、と私は呼びかける。チワワはいつかくしゃみをしたはずみにあのやや大きすぎる目玉を落としてしまう運命にあるんだから。柴犬は腑に落ちたように歩き始める。そう、その調子。

柴犬の後ろを進むのは、歩くのが遅い男女二人。よく見ると女性の方はときどき前につんのめっており、どうやら男性がさかんに話しかけながら女性の背中に腕を回し、歩幅を制御しているようだった。これには私も腹が立つ。彼女は本当はものすごく足が速くて、高校のころの呼び名は「F1」。でもきっと彼はこれから観に行く映画のものすごくいいシーンで主人公がなぜ泣いているのかを彼女に訊いてキレられ、帰りの駅で振られるだろう。私は留飲を下げる。

けれどその通りでもっとも目を引いたのは、「彼女」だった。彼女は途中で折れ曲がった黒い袋を提げて歩いていた。袋の中身はスケート靴。どうしてわかるかといえば、通りの奥にあるから。スケートリンクが。彼女は靴を軽々と肩に提げ、しっかりと筋肉がついた脚で制服のスカートをはためかせて（スカートの下に運動用のハーフパンツを履いている）闊歩する。その生命力の晴れ晴れしさに私は目を細める。彼女はこれから氷上に繰り出す。そしてクラスメイトも学校の教師も両親も誰も追いつけない、彼女だけの速度で氷上を駆け抜け、何回転だか知らないけれどジャンプをするのだ。私は思わず拍手をする。スケートリンクには次々と花束を投げ込む。

そして、髪。私は画面に顔を近づけてじっと見つめる。彼女の長く黒い髪は歩くたびに、風が吹くたびに揺れ、そしてときおり内側から息を飲むほど鮮やかなピンクをちらりとのぞかせた。春の爆弾を隠し持っているみたいに。

どうやったらあんな風になれるのだろう。私は自分の髪に手をやりながら考える。私の髪は硬くごわつき、それは子どものころに行った科学館のビーバーの剝製を思い起こさせた。染めたこともパーマをかけたこともこれまで一度もない。髪はいつも年末に会う叔母さんに切ってもらっている。

「いつか髪を染めたいときは言って、リカ」

叔母さんの部屋の蛇イチゴ色の壁は死んだ有名人の写真で埋め尽くされていた。お気に入りはダイアナ妃とサイババ。

「裏庭のハーブで染めてあげる。そうすれば髪を傷めない。人を傷つけるのも傷つけられるのも私はもう嫌なの」

そう言って洟をすする音とともに切られる髪はいつも左右で長さが微妙に異なるが、叔母さんとの会話はいつも簡潔だった。「どうするの?」「いつもの感じで」気づけば部屋中にカレーのにおいが充満し、私は鍋の火を消そうと立ち上がる。ご飯も解凍しないといけない。

けれどそのとき、画面の中の彼女が振り返った。そのままカメラのある方へとまっすぐ歩き、顔を上げる。距離があるので表情は判然としないが、彼女はカメラを、こちらを見た。見た、とわかるほどに鮮やかに。そして大きく手を振った。三回。

私は思わずYouTubeの画面を切った。心臓が激しく脈打ち、手足に一斉に血が流れ込む。誰にも見えないはずのドアを不意にノックされたようだった。けれどさらに信じられないのは自分も一度、手を振り返したこと。私は両腕を抱く。筋肉の不随意運動をとがめるみたいに。

本当にドアがノックされていることに気づいたのは、もう少しでご飯の解凍が終わるというところだった。見えないドアじゃなくて、玄関の薄い鉄製のドアを誰かが叩いている。あまり力強くはなく、けれど何度も。私は迷った。カレーは湯気を上げ、ご飯はあと二十秒で温まる。ただきっきの感覚が、レインコートの中を風が通り抜けた感覚が、二本の脚を玄関へと向かわせた。

「カレー」

隣の部屋の男の子だった。郵便受けで話しかけてきた男の子。彼はプラスチックのお皿を差し出した。オレンジ色のトレーナーは幾分色あせていた。

私はお皿を手に取ると、何も言わずにカレーとご飯をよそって渡した。お皿を差し出す両手は、自分でもはっきりとわかるほど震えていた。彼は「ありがと」と言うと顔を上げた。そのまつ毛の濃さにたじろぎながら私は急いでドアを閉めてしばらく床に座り込み、やがて冷蔵庫へと向かった。もう一度ご飯を温めようと。

そういえばセリコさんと宗教勧誘以外にこの部屋を訪れた人ははじめてだった。

「ねえ、ホーラ。あなた一人遊びは得意？」

ふと、ヴィーナスが尋ねた。薄緑色の午後だった。傘をさしていても細い雨が頰の産毛を気づかないうちに湿らせ、すっかり散ってしまったハクモクレンの代わりに軒先のジャスミンやモッコウバラが煙るような。草木の安息は博物館をも淡く染め、ヴィーナスの大理石の肌ももの憂い気色をまとっていた。わずかな疲労も。

「遊び、ですか」

「ええ。毎日展示されていると退屈で仕方なくて。一人でできる遊びがほしいの」

その言葉は空中でゆっくりと軌跡を描き、やがて頭の中へと軟着陸する。一人遊び。確かにセリコさんの部屋でリモコンや病院の診察券を探すゲームよりは、一人で過ごす方が好きだった。でも何を教えればいいのだろう。私の手元にあるのは、とるに足らない想像だけだった。誰にも奪えないけれど、何の役にも立たない。黄色のビニールが同意する。揺れ、肩にかかる重みを増す。

けれどふと、あの目を覚ますようなピンク色を思い出した。私は廊下に目をやり、急いでささやく。気が変わらないうちに。

「あそこに人、見えます?」

「どこ? ああ、あの二人組の紳士ね」

ハシバミが閉め忘れたのか、珍しく開いたままになっているドアの先の廊下には、男性が二人歩いていた。司教のガウンのような服を着た年配の男性が先を歩き、ジャンバーを羽織って明らかに面倒くさそうな表情の男性がそのすぐ後ろを。

「あれ、まずいですよ。彼の正体に気づいていない。殺し屋ですよ」

「殺し屋？」

ヴィーナスの声がわずかに尖り、再びレインコートが揺れる。しかし私はその裾をひしと摑む。

「あの人、司教みたいな人の脇腹あたりをずっとぴったりくっついて歩いているんです。ポケットにあるナイフをまさぐりながら」

自分でも不思議なほどなめらかに言葉が喉を通り出た。折しも後ろの男性がちょうどポケットの中で手をもぞもぞと動かした。展示室の鍵だろうか、金属がぶつかる音がこぼれる。ヴィーナスが眉を上げる。見えない眉を。

「本当だわ。それなのにあの司教、呑気に展示室なんかのぞいちゃって」

「大丈夫、まだ殺しませんよ。あの殺し屋はかなりのやり手です。ほら、欠伸なんかして」

私たちは博物館の視察に来たらしい男性をターゲットに、案内役の職員を殺し屋に見立て、好き勝手に話した。私たちが選んだ殺し屋は優秀で、ときどき欠伸をしたりお尻を掻きながらも、展示室の鍵を開けるとき以外は常にターゲットである司教の死角に立ち、ときどき何かをメモしてはボールペンをくるりと回して尖ったペン先を司教の頸動脈へと向ける。そのペン先が司教の方に伸びれば私たちは息を殺してはしゃぎ、司教が途中で振り向けば落胆した。

大きな声が出せないので私は立ち上がり、ヴィーナスの耳元に顔を寄せて話した。横から見るヴィーナスの耳は美しくもどこか不格好で、水に戻したキクラゲみたいだった。司教がこちらに近づいてきたときは二人で素早く顔を見合わせ、彼が不思議そうな顔で展示室を覗き込む間は彼女の唇から温かくも冷たくもない吐息がもれ、私の頬を撫でていった。彼らが階下に向かうと彼女は肩を撫でおろした。ように見えた。

「ホーラ、あなたいつもそんなことを考えているの？」

笑い疲れたのか、いつにもましてハスキーな声だった。

「いえ、さっき思いついた遊びです」

「決めた。今度から私も見ることにするの、来館した人たちを。博物館だからってこっちばかりが見られているのも癪だから」

その後も私たちは殺し屋役の男性の逸材ぶりを振り返っては称賛した。小さな八角形の部屋で、ほとんど書物の中でしか生きられない言語を密やかに交換しながら。途中でふと、汗のことが心配になって体を離そうとすると彼女の表情に怪訝な色が浮かび、私は釈明した。

「だってにおいが」

「この鼻は審美的にはいいかもしれないけれど、粘膜は不良なの。野生なら死んでる、嗅覚がないなんて」彼女は微笑みながら続けた。

「ねえ、この遊び、よく考えれば一人で楽しめるかわからないわ。あなたがいないときに」

少しだけ困ったような、けれど親密な微笑みだった。それはレインコートのファスナーの隙間をいともたやすく通ると、やがて私の心の奇妙なくぼみに触れた。ずいぶんと小さな、しかし入り組んだくぼみだった。私はそんなくぼみがあることをはじめて知った。彼女の言葉はくぼみを撫でてそのひだに絡みつく。どこまでも優しく、同時に有無を言わせぬ暴力性をもって。幸福な痛みに惹きつけられるように彼女の台座に近づこうとしたとき、

「ホラウチさん、今日もお疲れさまでした」

いつのまにかハシバミが傍らに立っていた。私は思わず叫び、自分でも聞いたことのない声の大きさに再び驚いた。ヴィーナスは低く笑う。

ハシバミと展示室を出ようとするとき、廊下に再び司教と殺し屋が現れた。思わずヴィーナスの方を振り向く。彼女は片目をつぶった。魔法より儚く、おまじないより鮮やかに。


博物館を出ると、私はしばらく歩き回った。バスに乗るのがもったいなかった。金星を探すような彷徨だった。その声を、横顔を、言葉をなぞれば夕方の空気は甘やかに溶け出し、不法投棄の椅子が投げ込まれたゴミ捨て場は額縁のない風景画。雨はいつのまにか上がっていて、濡れたアスファルトは宝石をまとったみたいに瞬いた。春は始まったばかりだった。街はまだ明るく、すみれ色の空は胸が苦しくなるほど透明で、二本の脚をどこまでも歩けるような錯覚で包んだ。そして私は歩いていた。実際に。

「おかえりなさい。がっこでしたか」

自分でもどんな順路で歩いてきたのか思い出せないままアパートまで帰ると、セリコさんが軒先を竹箒で掃いていた。古びた穂先は散り落ちたモッコウバラの花びらを不器用に撫でつけるばかりだが、積もった花びらが万華鏡のように模様を描いていくその様子に私は少しだけ見とれ、答えた。

「いえ、アルバイトです」

「そですか、あのロシア語の」

「ラテン語です」

　私は郵便受けのダイヤルを回す。大したものなど来ないのはわかっているが、防犯のために必ず開けることにしていた。

　リカさん、と呼ばれたのはピザ屋のチラシを取り出したときだった。以前割引券を大量に詰め込んでいった、あのピザ屋の。今度は一枚しかないチラシを取り出すと、セリコさんは私の顔をじっと見ていた。西日に照らされ、顔中の産毛が金色に透けるセリコさんは聖なる獣みたいだった。

「きょのリカさん、なんだかきれい」

　ふふ、と笑う声を背に、私は裾につまずきそうになりながら階段を駆け上がり、自分の部屋に向かった。電気もつけずに洗面所の鏡を見ると、そこには古いタオルや散らばる洗顔料の間で肌が淡く発光し、唇と頬が知らない生き物のように色づいていた。私はまぶたに、眉間に、髪に触れてみた。それからレインコートのフードに。黄色の化繊は頼りなく音を立てて、滑り落ちていった。

隣の部屋の壊れたインターホンが何度も押される間、私は夕方の甘さをおそるおそる反芻していた。


翌週もヴィーナスは同じ場所にいた。寸分も違わぬS字カーブを描いて。しかし私が展示室に入るとすぐに目を見開いた。

「ホーラ、ずいぶん素敵じゃないの。よく見せて」

私はおずおずと髪を広げてみせた。緑のインナーカラー。

「いいわね、私の髪型ずっと同じなの。本当は前髪作ってみたいんだけれども。眉毛ないの隠れるし」

ヴィーナスは心底羨ましそうにつぶやいた。彼女は波打つ髪をきつく編み込んで結っていた。かなりクラシカルに。

「前髪似合うと思いますよ」私は彼女の顔に指でフレームを作りながら答える。本当に似合うと思った。大理石の髪を解くことができれば。
「まあ、選べるなら前髪を作るより先に服を着るけどね」
それにしても素敵ね、とヴィーナスは繰り返した。言葉が歯医者の麻酔のように体中を巡り、頬が熱くなるのを感じる。軽く外に跳ねさせた後ろの髪も見せると私はようやく腰を下ろし、ハシバミが持ってきてくれた紅茶を啜った。ひどくのどが渇いていた。昨日から、ずっと。

美容院はネットの口コミを見て予約した。「相談に親身にのってくれるお喋りなスタッフ」や「ガラス張りのおしゃれなデザインビル」の文字列を慎重に避けて。そして当日まで何度も頭の中で練習をした。ドアを開ける、名前と予約の時間を伝える、髪型の要望を伝える、笑わずにシャンプーをされる、ほどよく会話をしながら施術を受ける、完成した髪形を見てポジティブな感想を口にする、会計を済ませて去る。最後をのぞけば後半の方が難易度は高い。私は会話の話題を準備した。天気、最近の物価上昇、飼ってみたいペット。

しかし試練は最初から訪れた。Google マップの指示通りに歩くと、到着した場所は葬儀屋だった。紫色の看板と、菊が咲き乱れる小さな花壇が目印の。ガラス戸に貼られた紙には「仏壇、仏具、仏事相談　※神式、キリスト教式なども各ご葬儀取り扱いございます」私はスマホで場所を確認しようとする。

「ご予約の人？」

重そうな木製の扉からしわがれた声とともに女の人が出てきた。紫色の髪はきつくパーマがかけられ、スーツを着込んだがっしりとした体つきは人というより木の幹に近く、私は幼稚園の庭に植えられていた樫の木を思い出した。

「ご予約？」

女性はもう一度尋ねた。真っ青に塗られたまぶたがぎらりと光り、線香の香りが漂う。間違いであってほしかった。しかし女性は「友引」と大きく書かれた日めくりカレンダーの方を見やると「ああ、ホラウチさん？」と尋ねた。短く親切な尋問に私はうなずく他なかった。

店内は狭く、仏壇の陳列で入り組んでいた。女性はたくましい体を器用にくねらせ、奥へとどんどん進んでいく。「気を付けて、そのあたり細いから」数珠のショーケースには薄く埃が積もっていた。

しかし店の奥には意外なほどしっかりとした椅子と鏡があった。流しも。まるで美容院みたいに。椅子の上に乱雑に積まれていた毛布や週刊誌を片づけると女性は、座って、と声をかけた。

「ちょっと待ってね、今準備するから。半年ぶりなのよ、生きた人間は」

女性が隣の部屋に消えると私はリュックを下ろし、ひやりとした革張りの椅子に腰かけた。よく見れば鏡は仏壇の一部だった。鳳凰やら松の木やらが彫り込まれた黒檀の中央にそれは埋め込まれ、仏像やお供え物が置かれる代わりに私と、黄色を映していた。いつものレインコートを。しかしそれは普段以上に頑なだった。フードは頭を深く覆い、首元のファスナーは喉元を締めつける。

「とりあえずお茶飲んで、これ見てて」

女性が緑茶とヘアカタログを差し出して再びいなくなると、私はあたりを見回した。改めて見なくても、そこは葬儀屋の店内だった。残されたヘアカタログを手に取ると、ざらついた紙は青白く褪せ、嬉々として並ぶモデルたちは歌謡曲の番組から飛び出してきたような髪型をしていた。

私は立ち上がろうとした。分不相応だったのだ。美容院に行って別の髪型を選ぼうだなんて。しかし、奇妙なことに次の瞬間には鈍い痛みの現れとともに、鏡が、カタログが消えていた。頰に触れるタイルの冷たさで、私は自分が転んだのだと気づく。レインコートの裾につまずいて。

女性が戻ってきた。息を切らせて。

「何してんの、あなた」

「ちょっと滑って」自分でもまるで言い訳になっていないと思ったが、彼女はそんなことを気にする様子もなく素早く私の肩を抱き、立ち上がらせた。筋ばった手は温かかった。

「危ないわよ、怪我したらどうするの。まあこっちも悪かったわね。せっかく早く来てくれたのにお待たせして」

女性がそっとクロスをかける。彼女はオナガと名乗った。

「みんなミセス・オナガって呼ぶけど。はるか昔に美容師やってて今はここでご遺体の髪のセットやお化粧を主に担当してるんだけど、葬儀がない友引の日だけ生きた人間の髪切ってるの。お小遣い稼ぎにね。じゃ、ちょっと失礼するわね」

ミセス・オナガはレインコートのフードをさっと下ろした。いともたやすく。櫛で髪を梳かしながら髪をじっと検分し、つぶやく。太くていい髪、けどずいぶんカットしてないわね。あと頭皮固過ぎ、凍ってるみたい。

「今日はどうしたいの?」

私はつい口にしていた。「いつもの感じで」

「いつもって、あなたうち来るのはじめてでしょう」ミセス・オナガは呆れたように続ける。「新しい美容院に来るのって、大体は何か変えたいときなんだから。こっちも提案するけどあなたも考えてよ、まだ生きているんでしょう?」

髪を梳かれるのにつられて首がまっすぐになり、ファスナーが少し緩む。そのわずかな隙間で私は思いきり息を吸い、尋ねた。

「髪の毛の内側だけ染めるのって大変ですか」

「それにしてもずいぶん変えたのね。長さも。意外ね、あなたは慎重そうだから」

おもしろがるようなヴィーナスの口調がこそばゆく、私は両手で首を覆った。叔母さんにはいつも年末に肩の長さで髪を切ってもらっていたので、私の首筋は春の風が昼間に見せる人懐っこさを、夜気の冷たいしっぺ返しをこれまで知らなかった。

美容院のことを一通り話すと、私はスピーカーを取り出した。スピーカーはセリコさんから借りてきた。埃だらけのウォーキングマシンの裏から発掘した古びたものだが、意外にもハイレゾ対応でスマホにも接続できる。他の女神たちもいつのまにかお喋りをやめて耳を澄ます中、私は再生のアイコンを押した。幾ばくかのためらいの後、鍵盤が静かに歌い始めた。

ダウンロードしてきたのはピアノの小品集のアルバムだった。見えない鍵盤が軽快に跳ね、笑い、ときに冗談めかしてむせび泣き、右手のスタッカートが眠り入るように弛緩していくかと思えば、左手のアルペジオがリズムの種をまいて旋律が返り咲く。八角形の白い空間に色とりどりの音符がこぼれ瞬く。

「ねえホーラ、これはどんな音楽家の作品なの？」

三曲目の途中でヴィーナスが小声で尋ねた。私は他の女神たちの邪魔をしないように腰を浮かせて立ち上がり、その耳に再び顔を寄せる。大理石の青みがかった模様が静脈のように浮かんでいるのに気づく。

「シューマン。十九世紀のドイツの音楽家です。私もあまり詳しくないですけど」

「ずいぶん最近の作曲家なのね」

「お嫌いですか？」私は静脈から目を離さずに尋ねた。

「いいえ、知的でロマンチック。嬉しいの。この部屋ではほとんど音楽が聴けないから。閉館時の『蛍の光』以外」

白い瞳がわずかに細くなるのを目にして、私はまた自分のくぼみの位置を、それがわずかに震える感覚を知る。私たちはそのまま隣り合わせで音楽を聴く。ヴィーナスはときどき静かに息をもらした。その美しくひややかな質量の隣でピアノの旋律が耳に流れ込むうちに、私は自分の輪郭を何度か見失いそうになる。

誰かとの時間のすべてを言葉で埋めなくてもいいということは、ミセス・オナガから知った。シャンプーを終えていざ髪を切るという段階になると、彼女は突然どこかの民族音楽を流し始めた。情熱的なシタールが無表情な仏像たちの間を駆け巡る。

「悪いけど、しばらく黙ってるわね。耳切られたくなければ音楽聞いてて」

ハシバミはちょうどアルバムが終わるころに展示室にやってきた。最後の鍵盤の余韻が白い展示室に溶けて消えると同時に、彼はスピーカーの電源を落とした。

「来週必ず来ますから」不安げに目を見開くヴィーナスに、私は声に出さずに言った。

「待ってる」彼女も唇だけで答えた。

博物館を出ると、私は再び街を彷徨した。クリーニング屋のガラスをのぞくと、西日に照らされて髪が緑色に透けていた。

きっとどこかに吸い込まれているのだろうと思っていた。ずっと。

学生のころ、毎年五月の連休を過ぎると彼らは姿を消し、過密気味だったキャンパスは静まり返った。自分自身に催眠術をかけるようにひっそりと講義を続ける教授を、新学期から始めたアルバイトのレジ打ちがようやくこなれてきた学食を、一年の中でもっとも心地よい風が吹く中庭を放り出して、美しい季節の間ずっと、彼らは不幸にもどこかに吸い込まれる。出来の悪い建築学部の学生が書いた図面に生じる時空の歪みにでも。それは半分は合っていて、半分は間違っていた。彼らは何か用事を思い出したのだ。自らの意志で、あるいは抗いようのない関係のもとに。そして今年の五月は、私も。

休館日の博物館は忘れられたようにいつもそこに佇み、ハシバミが開く扉の先にはひやりとした湿度が、懐しい暗さが広がり、彼以外のスタッフの姿を目にすることもなかった。あまりに変わらないその様子に一度、「何かの管理人さんみたいですね」とハシバミに言ったことがある。「そうですね」と彼は笑う。「物事が変わらないように管理するのが僕の仕事ですから」そうして私は裏口から薄暗いホールを通り、彼の後ろについて大階段を上がる。階段を一段上がるたびに、世界に色が生まれる。これまでの自分をすべて許せるような気がする。ようやくハシバミの鍵の束のうちの一本が差し入れられ、待ち焦がれていたその音が響くとき、私はそっと息を吹き返す。

ヴィーナスはいつでも私を迎えてくれた。あの優美な微笑みで。私は彼女の横に椅子を置くようになった。私たちはよく写真集を眺めた。最初はライブカメラを見ようかと思ったものの博物館にはWi-Fiがなく、あるとき試しに持って行った何冊かの本のうち、彼女が気に入ったのが写真集だった。ヴィーナスは世界遺産や絶景とか、割とベタな写真集を好んだ。私たちは光がそそぐ箱庭で旅をした。トルコのまっ白な石灰棚を流れていく青い温泉に浸かり、ボロブドゥール寺院遺跡群の石像たちに話しかけ、ハワイ島の天文台で歓声を上げた。写真の中ではどこにでも行けたが、彼女が選ぶ旅先はいつもヨーロッパを避けた。「他のヴィーナス像に会うと気まずいもの」

ミクロネシア連邦の「世界でいちばん虹がかかる島」を見ながら、ヴィーナスはつぶやいた。

「いつか人類が砂漠で泳いで木星でラクダに乗る時代になれば、私も行けるかしら」

私はあいまいに笑うと次のページへとめくり、ベネズエラの滝に歓声を上げてみせた。彼女は博物館や美術館で展示されるようになってからというもの、適切な温度と湿度と照明の管理下から出たことがほとんどなかった。

写真集を眺めるのに飽きるとヴィーナスはときおり過去の話もした。この博物館に来るまでのことを。彼女を生んだ彫刻家は長らく彼女をアトリエのミューズとして据えていたが（「ミューズって別の女神なんだけどね」とヴィーナスはうんざりしたように言う）、晩年になって借金を抱えるとローマ郊外で暮らす貴族に売った。もちろん少しは傷ついたけど、と彼女は前置きした上で続けた。

「とにかく豪勢な家で毎日飽きなかったわ。奴隷の数も多いし、食堂のモザイク画なんかもすごく凝っているの。それで毎晩いろんな人を呼んでミルクでたぷたぷに太らせたカタツムリとか孔雀の脳味噌とかを寝転びながら食べては吐いて、喜劇や剣闘士の余興を見るのよ」

彼女はその家でよく奴隷が竪琴で演奏していたという音楽を口ずさんだ。続けてフランスの貴族の家にいたときの舞踏会の定番のワルツも、略奪された末になぜかポーランドの農民の納屋に押し込まれることになった間、毎晩聴いていたマズルカも。

「どうしてダンスの曲ばかり覚えているのかしら。踊れるわけでもないのに」

「私もダンスは苦手です。踊れる人生だったら、ラテン語なんて勉強しなかったかもしれない」

彼女は微笑む。天からの贈り物ね、あなたは。

私はかつての同級生たちと同じように時空の歪みにいた。休館日の展示室の午後は、瀕死の言語に守られた楽園だった。そこは変わらぬ穏やかさと親密さに満ち、ハチミツの香りがする紅茶の湯気がいつも頬をやわらかく湿らせた。悲しいことなんてもう何も起こらないように思った。さびしいことも。私は切ったばかりの髪をケアしようとはじめてヘアオイルというものを買い、するとなぜか猫背を直したい気分になって筋トレを始め、ついでに横断歩道以外で道路を横切ることもやめた。

五月の半ばの週末には彼女が好きそうな写真集を探しに、地域の図書室に入ってみた。公民館の一画にある小さな図書室だが意外にも古典や歴史の本が充実し、私は写真集の他にも毎週何冊かの本を借りては、夜はそれらを読んで過ごした。ペストから逃れるために引きこもった十人の物語を読み、紅茶がもたらした戦争について学び、盲腸がもつ免疫機能について知った。夢が動画になった。

ある朝、セリコさんの朗読で目を覚ました。

学校（がっこ）のノートの上（え）
勉強机（べんきょづくえ）や木立の上（え）
砂の上（え）　雪の上（え）に
君の名を書く

読んだページ全部の上（え）
まだ白いページ全部の上（え）に
石　血　紙　または灰に
君の名を書く

金いろの挿絵の上（え）
兵士（へーし）たちの武器の上（え）
国王（こくお）たちの冠の上（え）に
君の名を書く

ジャングルと砂漠の上
巣の上　エニシダの上
子供のころのこだまの上に
君の名を書く

……

すり傷だらけの朗読が続くのを、私はタオルケットにくるまれながら聞いていた。

砂糖と牛乳と卵がたっぷりとしみこんだような頭で、近くの工場へと続々とやってくるトラックの振動音の中で。

かすかに震える窓を見れば、裾の足りないカーテンの隙間にはいつもの黄色が映っていた。いや、何かがちがう、と私は目をこらす。それは色がちがった。黄色が淡くなっている。ばかばかしいほど鮮やかだった黄色が、焼く前のフレンチトーストくらいの黄色には。手を伸ばして裾を摑むと、心もち生地も薄くなっている。しかしその薄さは、強固だった。胎児を包む卵膜が薄く伸縮性に富み、どれほど一体に、親密に見える妊婦とも彼らを分かつように。

　私は大理石の女神に恋をしていた。


　フィンランドへの短期留学から帰った翌年、私は「ラテン語日常会話」という講義を選択した。シラバスにあった一文が気に入ったのだ。「話す・聞く・読む・書くの技能を身に付け、コミュニケーション能力を獲得します」

　しかし講義の初日、教室には他に学生の姿がなかった。教授は少し遅れてやって来た。一番後ろの席に座る私を一瞥すると、出欠をとった。

「ホラウチくん」

「はい」私はフードの中で声を張り上げた。

　ちょうど教室の前の廊下を、ゴスペルサークルらしい何人かの学生が歌いながら通りがかった。神への愛が私の声をかき消した。教授は教壇を降りて教室の中ほどまでやってくるともう一度同じように名前を呼んだ。そしてもう一度。教授は私の隣の隣の席までやって来た。そこが教壇となった。一年間。

　講義は最初、ぎこちなかった。教授と私は難破した客船から無人島へと流れついた見知らぬ二人のように広い教室によそよそしく座り、とうに知っている文法の解説が延々と続いたかと思えば、講義の最後に申し訳程度に会話の例文を小声でぼそぼそと読み合わせ、そうして互いから逃げ出すかのように解散した。教授は講義中、ときどき肩を引き攣らせた。けれど私が「具合が悪いのですか」とラテン語で尋ねた次の講義からだろうか、教授はなぜか文法の解説をやめた。そして私たちはすべての時間を充てて取り組んだ。ラテン語の日常会話に。

「あなたは何歳ですか」「私は五十七歳です」

「これはペンですか」「これはペンではありません。干からびたセミです」

「民主主義についてどう思いますか」「最悪の政治形態です。ただし、過去の他のすべての政治形態をのぞいては」

会話の多くは教授が作ってきた例文をもとにしたものだったが、私は嬉しかった。私の発語が相手の発語を誘い、未知なる模様をモザイクのように織りなしていく。ややフィンランド語調だった私のラテン語は、教授により古典式発音に改められた。講義中、私は何度かレインコートのことを忘れた。膜のように絶えず私を覆うそれを。私は言葉を交換することができた。教授と私は多くの人の口もとから絶えつつあるその言葉で会話をし続けた。フランケンシュタインの怪物に息を吹き込まんばかりに。

しかし同時に教授と私は言葉に乏しかった。とりわけ、自分について語る言葉に。

講義が始まって二か月ほど経ち、ふと教授が尋ねた。日本語で。

「あなたほどラテン語を話せる学生ははじめてです。いや、学生だけじゃない、研究者も含めて。どこで学んだんですか」

無防備にさらされた肌をとがめるようにレインコートが覆いかぶさる。私はフードの隙間から声を絞り出した。

「……留学です」

教授が不可解そうな顔をして、何かを待つようにこちらを見ているのはわかっていたが、私はレインコートの裾をつまんでは伸ばすというのを繰り返してやり過ごした。教授はその後、私個人に関することは質問せず、また講義中は出欠も課題の指示もすべてラテン語で行うようになった。私は安堵した。フードの紐を握りしめながら。

教授が再び私について尋ねたのは、最後の講義の日だった。羽毛布団みたいな雲が重たげに浮かぶ一月の月曜日。成績は普段の講義の様子でつけるということでレポートも試験もなく、最後の会話の例文を終えてテキストを片づけていると教授が何かを言った。聞きとれず、私は固まる。教授はもう少しゆっくりと言う。外国語の練習みたいに。

「もうすぐ四年生ですね。就職活動はするのですか」

その両目はまっすぐこちらを見ていた。冷凍庫、と私は口の中でつぶやき、手のひらの汗を拭う。息を吸う。

「冷凍庫で働きたいと思っているんです。今も、バイトしていて」

私は一礼して教室を出た。そのまま建物を出ると雪がちらつき、身震いする。私はひどく暑がりではあったが、特別に寒さを好むわけでもなかった。

だから教授から博物館でのアルバイトを紹介したいと連絡がきたときは驚いた。ラテン文字が連なるはがきを郵便受けで見つけたときは。暗号のように光る文字を抱いて私はアパートの階段を駆け上がった。誰かが別の誰かに対して何かを思って文字を書き、それが無数にいる人の中から間違いなくその相手に届くことが、みんながそれを当たり前のように受け取っていることが、私はまだうまく信じられない。

市の職員だという女性が訪ねてきたのは、セリコさんの部屋でお薬手帳を探していたときだった。

「知らない人が、おります」

　探し物に飽きていたらしいセリコさんは、チャイムが鳴るとすぐにドアの覗き穴を見に行き、怯えた顔で戻ってきた。私も覗いてみると短い髪を撫でつけた女性がきっちりと口角を上げて立っているのが見えた。

「やめましょ、リカさん。新しいサギかもしれません」

　セリコさんの声は細いけれどよく通る。サギ、サギと繰り返す声が薄いドアからもれ聞こえるのか、女性は根気強く待ち、何度目かのチャイムの後、私は仕方なくドアを少しだけ開けた。セリコさんは小さく悲鳴を上げて台所に隠れた。

　女性は若くも年寄りでもなく、私がこれまで会ったどの人よりも中肉中背という言葉が合っていた。誰の記憶にも残らないことが職務の条件みたいに。彼女は一息で言った。

「上の階の一号室のお宅についてお伺いさせていただけないでしょうか」

　一号室。私の隣の部屋だ。男の子と、何回か見たことのある母親の。何と答えるべきか考えている間に女性は、ちょっと失礼しますね、とわずかな隙間から手を入れて信じられないくらいの力でドアをこじ開け、体をすべりこませた。あっけにとられている間に彼女は名刺を渡して自己紹介をし、質問を始めた。

「子どもの泣き声などを聞いたことはありませんか」

「ないです」

なるほどなるほど。女性はこちらから目を離さずにメモをする。グリップが太いペンが、彼女が入ってきたときと同じくらいのなめらかさでメモの上を走る。

「何かを叩くような音や怒鳴り声を聞いたことはありませんか」

「ないです」

再び、なるほどなるほど。調理場の隙間からセリコさんがこちらを覗いていた。

「同じアパートで暮らしていて何か気になる点はありませんか。話したこととか」

「カレー、ですかね」

カレー？　女性は聞き返し、ゆっくりとまばたきをした。そこではじめて、彼女が今まで一切まばたきをしていないことに気づいた。私はレインコートの袖を掴み、小さな声で答える。カレーを、男の子にあげたことがあります。お腹がすいていそうだったから、その、すごく。

「あなたはその子に、カレーを、カレーをあげたんですか？　え？」

彼女は私が言ったばかりのことを繰り返した。私はなんだか自分がひどく間違ったことをしたような気がした。

女性はしばらく私の顔をじっと見ていたが、やがて書類を差し出した。

「これからは何か少しでも気になることがあればここに電話をしてください」

「気になることって」

「なんでもいいんです。とにかくすぐに。すぐにです」

そうして彼女は帰っていった。口角をきっちり上げたまま。

「虐待ってニュースとかで見ますけど、ほんとにあるものなんですかねえ」

いつのまにか台所から出てきたセリコさんはお薬手帳を手にしていた。私は探し物の途中で見つけた賞味期限切れのサケの缶詰を捨てた。男の子が着ていた色あせたトレーナーのことを考えながら。

ヴィーナスはいつだって優しかったが、一つだけ私に禁じていることがあった。博物館の開館中に来て彼女の姿を見ること。特に、誰かに見られている姿を。だんだんと一週間を待てなくなってきた私は反論を試みた。

「でもそれは、あなたが美しいからその人たちも見ているんでしょう？　そんなに嫌がらなくても」

「自分の意志でモデル事務所に入った覚えもないのに？　あんまりじろじろ見られると、自分が空っぽのような気がしてくるの。意志なんてまるで持っていないような」

思わず彼女から目をそらした。するとヴィーナスは短く笑った。あなたはいいのよ、ホーラ。どうぞ気が済むまで見てちょうだい。

私は笑い返して冷めかけた紅茶を飲むと、ヴィーナスに気づかれないようにその髪を見つめた。歩き出すことのない脚も、やわらかそうな、けれど絶対に硬いし私を抱き締めてくれることのない腕も。レインコートの奥で見えないくぼみが主張し始める。それはうっとりと滴りながら、同時に果てしのない渇きを訴える。

前週の月曜日の午後、私たちははじめてセックスをした。誘われたときは嬉しかった。ただし、二秒後に気づく。どうやって？　そのころの私は博物館のある規則を敵視していた。憎んでいたと言ってもいい。「展示品にはお手を触れないでください」

彼女はこともなげに言った。

「じゃあ、座って」

ヴィーナスの目が私をとらえた。黒目のない瞳は私の全部を包んだ。恥ずかしいほどの期待から、引っ掻きすぎた汗疹の跡まで。

衣服を脱ぐ必要もなかった。もちろんレインコートも。アルト寄りのやわらかな声は誰もいない沖のようだった。私はただ、天を仰いで浮かんでいる。最初は小さな波が耳の下のくぼみを、手首の丸い骨を、膝の皿を撫でていった。それは私に自分の体の一つ一つの部位の存在を思い出させ、ゆっくりと伸ばし拡大しながら同時に溶かしていった。次第に私は夢中になって水をかき分ける。うっとりと、命がけで、甘い諦めをもって。次の波はそれを見透かすように押し寄せ、一段と深い場所へと私を連れていく。そこはほとんど足がつかないくらいの水深で、私はブイみたいに揺れながら彼女のむきだしのふくらみや芸術的なくびれに必死になってしがみつく。しかしそれらは触れた途端に石に変わり、私たちは二人で沈んでいく。塩辛い海中の世界へと。

もちろん私は途中でもがく。水温は徐々に下がっていき、細胞は急激な酸素不足を訴えて騒ぎ始める。けれど彼女は微笑むだけで、何も言わない。次第に私は何も考えることができなくなり、手足も冷えて動かなくなっていく。そうして荒涼とした海の底へと沈んだとき、ふとかすかな水流の存在を感じる。彼女はうなずくように一段と大きく微笑むと、私をそこへと誘う。それは異様なまでの力強さで私たちを運び、ボートにまで運んでいく。途中、彼女は叫んで指示する。私はヴィーナスに言われるままに自分の体に順番に触れ、いともたやすく達する。手練れの船長の指示に従ってボートを漕ぎ、島にたどり着くように。島は清らかな飲み水が潤沢にあり、南国風の木々には色とりどりの果物が実っている。

しかし水や果物を束の間貪ると、私は椅子に座り直した。いつものように悠然と笑みを浮かべる彼女に尋ねる。

「でも、これってしたことになるのかしら?」

したことって? 彼女は聞き返す。もしかして首を絞めるとかそういうのが好きなの? 私は首を横に振る。ひじの裏に手をやると、汗疹は依然としてそこにある。

「何というか、これじゃ私が一人でしているのと同じじゃないかって」小声で付け足す。「その、あなたに与えられてないような気がするの、快楽のようなものを」

そこでようやく私は他の女神たちの存在を思い出して消えたくなったが、興味がないのか見たくないのか、彼女たちは何事もないようにお喋りを続けていた。豊穣の女神のデメテルはウインクの練習をしているらしく、片目をさかんにひきつらせていた。

ヴィーナスは少しだけ傷ついたような顔をしていた。微笑みを崩さない範囲で。

「声で、言葉でするのと体で触れるのってそんなにちがう？　私は嬉しいの、あなたがかわいい表情を見せてくれることが」

「もちろん私も嬉しいんです。あなたに近づけたんだって。けれどなんだか想像していたような感じ、その、一つになれた感じがしなくて」

私は彼女を見上げる。レインコートの向こうに、台座前の立ち入り禁止エリアを示す線の向こうに佇む彼女を。

「一つ」ヴィーナスはそう言って押し黙る。コサージュをつけた先生が唱える。「永遠に交わることはありません」私は平行に伸びる展示室の白いタイルを目で追う。

やがて彼女は口を開いた。申し訳なさそうに。

「ごめんなさい、これ以外の方法が思いつかないの。今までの人たちはみんな自分が満足すればそこで終わりって感じだったから。そう言われたのがはじめてで」

「謝らないで、私が求め過ぎなんだと思う」私は言う。今までの人たちという言葉が気になりながら。デメテルはウインクがうまくいかないのか舌打ちをする。

彼女は首を振った。ように見えた。

「求め過ぎだとは思わない。ただ、よくわからないの」

「わからない？」

「私があなたを声で撫でて、あなたが反応する。それを見ながら私も欲情する。肌に触れて粘膜をこすりつけ合うのだって別に溶けて一つになるわけではないわ。あなたがいて誰かさんとそれぞれの経験を交換して、あなたが残る。その繰り返しでしょう？」

私は思い出した。二か月だけ付き合っていた恋人とのそれを。私はレインコートの中で汗にまみれながら、正気を失ったオットセイのように自分の上で腰を動かすその人をただ毎回眺めていただけだった。

「でも考えてみましょう、何らかの方法を」ヴィーナスはそう続け、その日の別れ際には私たちはハシバミの目を盗み、いつもよりいっそう長く見つめ合った。何しろ私たちはセックスをしたのだ。天窓からはバラ色の空がのぞき、想像上のひばりが愛らしくさえずり飛び回っていた。

だから翌週、アルバイトの終わりの時間が近づき、もっと近寄るように言われたと

2月の新刊 ●17日発売

筑摩選書

0248
敗者としての東京
東京大学教授
吉見俊哉

▼巨大都市の「隠れた地層」を読む

江戸＝東京は1590年の家康、1869年の薩長軍、1945年の米軍にそれぞれ占領された。「敗者」としての視点から、巨大都市・東京を捉え直した渾身作！

01768-0
1980円

0249
変容するシェイクスピア
京都大学大学院教授
廣野由美子／
京都大学大学院教授
桒山智成

▼ラム姉弟から黒澤明まで

元々は舞台の台本として書かれたシェイクスピア作品は、いかに形を変えて世界に広まったのか？ 児童文学や映画等、翻案作品を詳細に分析し、多様な魅力に迫る。

01766-6
1760円

好評の既刊 ＊印は1月の新刊

弱いニーチェ ――ニヒリズムからアニマシーへ
小倉紀蔵 世界哲学の視点からニーチェを読み替える
01756-7 1870円

入門講義 ウィトゲンシュタイン『論理哲学論考』
大谷弘 二〇世紀最大の哲学書をていねいに読み解く
01757-4 1980円

雇用か賃金か 日本の選択
首藤若菜 クビか、賃下げか。究極の選択の過程を追う
01755-0 1650円

闘う図書館 ――アメリカのライブラリアンシップ
豊田恭子 民主主義の根幹を支えるアメリカ図書館とは
01758-1 1760円

「笛吹き男」の正体 ――東方植民のデモーニッシュな系譜
浜本隆志 名著『ハーメルンの笛吹き男』の謎を解く
01753-6 1760円

基地はなぜ沖縄でなければいけないのか
川名晋史 沖縄の基地問題は、解決不可能ではない！
01759-8 1760円

日本の戦略力 ――同盟の流儀とは何か
進藤榮一 日米同盟に代わる日本の戦略を提唱する
01760-4 2090円

人類精神史 ――宗教・資本主義・Google
山田仁史 人類精神史を独自の視点で読みとく渾身の書
01761-1 1980円

公衆衛生の倫理学 ――国家は健康にどこまで介入すべきか
玉手慎太郎 誰の生が肯定され誰の生が否定されているか
01762-8 1870円

＊平和憲法をつくった男 鈴木義男
仁昌寺正一 憲法9条に平和の文言を加えた政治家の評伝
01765-9 1980円

＊ストーンヘンジ ――巨石文化の歴史と謎
山田英春 最新研究にもとづき謎を解説。カラー図版多数
01763-5 2200円

＊東京10大学の150年史
小林和幸 編著 東早慶＋筑波＋GMARCHの歩みを辿る
01767-3 1870円

6桁の数字はISBNコードです。頭に978-4-480をつけてご利用下さい。

2月の新刊 ●13日発売

ちくま文庫

82年生まれ、キム・ジヨン

チョ・ナムジュ　斎藤真理子 訳

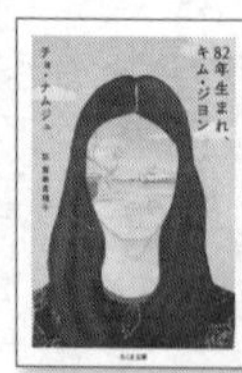

「これは、わたしの物語だ」

キム・ジヨンの半生を克明に振り返り、女性が出会う差別を描き絶大な共感を得たベストセラー、ついに文庫化！（解説＝伊東順子　文庫版解説＝ウンユ）

43858-4
748円

地理学者、発見と出会いを求めて世界を行く！

水野一晴

調査旅行は冒険に満ちている！

キリマンジャロ登山、ペルーの悪徳警官、ドイツ留学生活、ケニア山氷河の後退、天国の島ザンジバル……地理学も学べる冒険調査旅行記。（都留泰作）

43805-8
990円

うんこ文学

●漏らす悲しみを知っている人のための17の物語

頭木弘樹 編

人間は、食べて、出します。しかし、食事と違い排泄は人に見られた場合ずっとトラウマになることもあります。漏らす悲しみを知る人のための17編。

43866-9
968円

オスとメス＝進化の不思議

長谷川眞理子

なぜ生物としての性差が生まれ、男、女、LGBTQが存在するのか？　動物行動学の第一人者が、進化の本質をやさしく語る最新かつ最良の入門書。

43814-0
880円

ひるは映画館、よるは酒

田中小実昌

3本立て、入替無し、飲食持込み自由、そんな映画館を愛した著者が綴った昭和のシネマパラダイス！文庫オリジナル・アンソロジー。（荒島晃宏）

43862-1
990円

6桁の数字はISBNコードです。頭に978-4-480をつけてご利用下さい。
内容紹介の末尾のカッコ内は解説者です。

好評の既刊

＊印は1月の新刊

「最後の」お言葉ですが…
高島俊男
言葉をめぐる伝説の刺激的エッセイ、週刊誌連載最後の58篇、初の文庫化。「敬語敬語と言いなさんな」「豫言、預言、予言」他、真っ当な文章の粋。
43863-8 1100円

長くて短い一年
山川方夫 日下三蔵 編 ●山川方夫ショートショート集成
純文学から〈ショートショート〉への応答。山川方夫のショートショートを編者・日下三蔵がまとめた決定版作品集の第2弾。初文庫化作品も収録。
43861-4 1100円

見えない音、聴こえない絵
大竹伸朗 世界は絵画だと思った
43813-3 990円

貸本屋とマンガの棚
高野慎三 「俗悪文化」の全貌に迫る!
43838-6 990円

オンガクハ、セイジデアル ●MUSIC IS POLITICS
ブレイディみかこ イギリスの出来事が、今の壊れた日本を予見する
43810-2 858円

傷を愛せるか 増補新版
宮地尚子 ケアとは何か? エンパワメントとは何か?
43816-4 792円

神田神保町書肆街考
鹿島茂 日本近代を育んだ知と文化の一大交差点のクロニクル
43831-7 2200円

高峰秀子ベスト・エッセイ
高峰秀子 斎藤明美 編 大女優のおそるべき随筆を精選
43840-9 946円

砂丘律
千種創一 伝統と革新がしなやかに交わりあう新世代短歌の傑作、文庫化!!
43836-2 880円

人間の解剖はサルの解剖のための鍵である 増補新版
吉川浩満 結局、人間とは何なのか? 知ることの〈喜び〉に溢れた本
43834-8 1320円

O・ヘンリー ニューヨーク小説集 街の夢
青山南+戸山翻訳農場 訳 「賢者の贈り物」含む23篇を収録!
43850-8 1100円

小さいコトが気になります
益田ミリ どーでもいいこと、確認中!
43855-3 660円

＊**生きていく絵** ●アートが人を〈癒す〉とき
荒井裕樹 堀江敏幸氏、柴田元幸氏、川口有美子氏推薦!
43856-0 990円

＊**十六夜橋** 新版
石牟礼道子 紫式部文学賞受賞の傑作、待望の復刊!
43860-7 1100円

6桁の数字はISBNコードです。頭に978-4-480をつけてご利用下さい。

2月の新刊　●13日発売

ちくま学芸文庫

ゴダール革命〔増補決定版〕
蓮實重彦

「失敗の成功」を反復する映画作家が置かれ続けた孤独。それは何を意味するのか。ゴダールへのインタヴューなどを再録増補した決定版。（堀潤之）

51159-1
1430円

女王陛下の影法師
■秘書官からみた英国政治史
君塚直隆

ジョージ三世からエリザベス二世、チャールズ三世まで、王室を陰で支えつづける君主秘書官たち。その歴史から、英国政治の実像に迫る。（伊藤之雄）

51164-5
1430円

メディアの生成
■アメリカ・ラジオの動態史
水越伸

無線コミュニケーションから、ラジオが登場する二〇世紀前半。その地殻変動はいかなるもので何を生みだしたかを捉え直す、メディアの歴史社会学。

51166-9
1540円

不動智神妙録／太阿記／玲瓏集
沢庵宗彭　市川白弦 訳・注・解説

日本三大兵法書の『不動智神妙録』とそれに連なる二作品を収録。沢庵から柳生宗矩に授けられ山岡鉄舟へと至る、剣と人間形成の極意。（佐藤錬太郎）

51168-3
1100円

数学フィールドワーク
上野健爾

微分積分、指数対数、三角関数などが文化や社会、科学の中でどのように使われているのか。さまざまな応用場面での数学の役割を考える。（鳴海風）

51167-6
1210円

6桁の数字はISBNコードです。頭に978-4-480をつけてご利用下さい。
内容紹介の末尾のカッコ内は解説者です。

2月の新刊 ●9日発売

1672
思想史講義【明治篇Ⅱ】
山口輝臣（東京大学教授）／福家崇洋（京都大学准教授）編

文明化推進と国体の確立を目指した明治日本は、大日本帝国憲法施行後にどう変わったか。明治後期の知的世界を多角的・実証的に描き出し、明治時代像を刷新する。

07541-3
1100円

1707
反戦と西洋美術
岡田温司（京都大学名誉教授）

戦争とその表象という古くて新しい議論。17世紀から現代に至る「反戦」のイメージを手がかりに、その倫理的、あるいは政治的な役割について捉え直す。

07529-1
990円

1708
ルポ 大学崩壊
田中圭太郎（ジャーナリスト）

教職員に罵声を浴びせて退職強要。寮に住む学生45人を提訴。突然の総長解任。パワハラ捏造。全国の大学で起きた信じ難い事件を取材し、大学崩壊の背景を探る。

07539-0
990円

1709
読むワイドショー
パオロ・マッツァリーノ（日本文化史研究家）

ワイドショーのコメンテーターとは何者なのか。画面隅の小窓をなぜワイプというのか。――テレビと芸能の世界の謎を調べまくる。タブーなき芸能メディア文化論。

07513-0
946円

1710
シン・中国人
斎藤淳子（北京在住ライター）

▼激変する社会と悩める若者たち

進む少子化、驚愕の結婚・住宅事情、若者世代の奮闘と苦悩……市井の人々の「ガチ素顔」を現地からレポート。圧縮された発展の激流の中で生きる中国人のリアル。

07538-3
946円

1711
村の社会学
鳥越皓之（大手前大学教授・早稲田大学名誉教授）

▼日本の伝統的な人づきあいに学ぶ

日本の農村に息づくさまざまな知恵は、現代社会に多くのヒントを与えてくれる。社会学の視点からそのありようを分析し、村の伝統を未来に活かす途を提示する。

07536-9
902円

6桁の数字はISBNコードです。頭に978-4-480をつけてご利用下さい。

きはわずかな期待が胸をよぎった。ハシバミには内緒よ、と女神はささやく。
私はわざとゆっくり椅子から立ち上がり、彼女に近づいた。期待は見せず、むしろ少し不安がるような表情を作りながら。しかしヴィーナスは何も言わない。仕方なく私は尋ねた。

「ごめんなさい。どういうこと？」

「よく見て。ほら、指よ」

何かと思えば、左足の小指がわずかに動いていた。瀕死の芋虫のように。

「先週雨でお客さんが少なくて暇だから練習してみたの、関節曲げ。本当はもっと動かせるようになりたいんだけど。ちなみにあの子もできるわ」

ヴィーナスは誇らしげにそう言い、狩猟の女神のアルテミスの方に向かって口笛を吹くと、女神が引き連れた猟犬が片耳と顎をしきりに動かしてみせた。その場でパタパタと耳を浮かし宙を嚙む様子には、獲物を追う猟犬の俊敏さの代わりにおもちゃのようなチープさが漂っていた。不意に私は、本当はヴィーナスが心なんてない空っぽの彫刻なんじゃないかと不安になった。

「とっておきの秘密なんだけど」

私の反応が薄かったせいか、彼女はやや不満げにつぶやいた。私は慌てて感嘆してみせる。耳元を絶えずくすぐるレインコートのフードの音をかき消すように。

木曜日の夕方に博物館へ行こうと決めたのは、ヴィーナスにそのときのことを謝るためでもあった。人がいなくなる閉館時なら彼女も嫌がらないいんじゃないかと思って。私は西日の射しこむ展示室を想像した。美術大学の学生が彫刻の技巧へと熱心に見入る後ろでは、散歩がてら毎週やってくる近所のおじいさんがベンチで静かに寝息を立て、休館日は賑やかな女神たちもすまして佇んでいる。「蛍の光」が流れ始めるとまずおじいさんが目を覚まして立ち去り、やがて美大生も名残惜しそうに部屋を後にする。私は関係者のような顔つきで彼らとすれちがい、驚いた様子のヴィーナスと口形だけで言葉を交わす。そうして廊下の足音が聞こえなくなった瞬間に私たちは噴き出し、短いけれど満ち足りた逢瀬を果たす。そんな計画だった。

夕方、私は派遣の仕事をいつもより少し早く上がった。

「なんか今日楽しそう、ホラウチさん」

防寒用のジャンパーを脱いで更衣室に向かおうとすると、イケダさんに声をかけられた。ふと、この仕事をやめようかという考えが頭をよぎり、「今度お話が」と言いかけたところであまりの計画性のなさに気づき、「お疲れさまでした」とだけ言って急いでその場を去る。けれど別の仕事という考えはバスに揺られている間も頭を離れなかった。冷凍倉庫以外の仕事。そういえば図書室の近くのパン屋がスタッフ募集のチラシを貼り出していた。焼くのは汗が厳しいだろうが、それ以外の仕事ならできるだろうか。私は食パンを六枚にスライスし、クリームパンのカスタードを包む。バス停に着くまで、パンの生地はむくむくとふくらみ続けた。

博物館に到着すると私はいつものように裏口には行かず、正面の受付にはじめて立ち寄った。やけに新しいプレハブのブースで、あらゆる壁がつるつると光っていた。一般一名、と白くむくんだ顔をした受付の女性に五百円玉を渡す。小さな正方形のチケットとともに返ってきたおつりの百円玉はおそろしく冷たく湿っていた。私はお礼を言って館内に入る。

そこはいつもの博物館だった。ただ、人がいた。かなりまばらに。人がいる博物館は、いないときよりもいっそう濃密な静けさに満ちていた。来館者は夢の中にいるようにゆっくりと歩き、誰かとすれ違うときは、来ていることを知られてはいけないみたいにお互いすばやく顔を伏せたり、帽子のつばに手をやったりした。その後ろ姿はただの影で、短く響く足音だけが生きているみたいだった。こんなに来館者が少なくても博物館というのは大丈夫なものだろうかと少しだけ考える。

私は閉館時間になるまで展示を見ることにする。一階は地域に関する展示だった。前半の展示は「貝塚から見える人々の暮らし」。近くで出土したという土器の破片、二枚貝の貝殻、シカの骨の断片、栗の木で作った器。大きな地層の模型もあった。ボタンを押すと該当する地層が光るというもので、私はしばらく石灰岩や泥岩の地層をむやみに光らせた。

後半の展示は時計の針に関するものだった。このあたりは時計の生産の下請け会社が多く、その一つには時計や計測器に使う針の製造を専門とする会社があり、手先の器用な職人たちが作る装飾性に満ちた精巧な時計針が有名だった。しかし時代とともに時計の需要は減り、経営が厳しくなったその会社は方針を変更し、医療用の針を作るメーカーへと転身した。時計針の職人たちは解雇され、現在ではすべての針を高度な機械で生産し、医療業界で注目されているという。

犬だか熊だかわからないキャラクターが「生産性の向上だね！」と大仰な吹き出し

付きで笑う展示ケースには、手術用の針の実物があった。私はその髪の毛のように細い針を見ながら、さらに細い時計針が手術に用いられる様子を想像する。赤ん坊の引きちぎれた指先の、クモの糸みたいな神経を縫いつける様子を、脈打つ心臓や沈黙する脳の血管の破れを縫い付ける様子を、力尽きうなだれる老人のかすかに開いた瞼が、透明の糸によってそっと縫い付けられる様子を。体は時間に縫われている。

しかし展示が終盤に差し掛かると私は猛烈にだるくなり、眩暈がした。体は熱く、額や背中からは知らないにおいの汗が噴き出る。空気を吸おうにも舌が知らない生き物のようにもつれて邪魔をする。二階に行こう、とまとまらない頭で私は思う。とにかくヴィーナスに会いたかった。

這うようにして大階段を上がると、今まで気づかなかった木の扉が目に入る。小さな真鍮のマークはそこがトイレであることを示していた。私はその扉に向かう。彼女に会う前に水に手をさらして、少しでも体を冷ましたいとぼんやりと思った。幸い扉は軽く、わずかに体重をかけるだけで扉は開いた。開くだけではなかった。勢いあまった私は洗面台に倒れ込んでいた。点滅する視野で大理石の洗面ボウルを眺めながら、私はヴィーナスの耳の静脈のことを思った。

夜明け前かと思った。小さな窓からのぞく空はひっそりと血の気を失い、あたりは湿気のにおいで満ちていた。夕方だとわかったのはドヴォルザークの「新世界より」が流れていたから。近くに複数のスピーカーがあるのか、家路へと誘うイングリッシュホルンによる有名な旋律はそこかしこから微妙にずれながら響き、奇怪なメロディーへと化した。

私は体を起こした。背中から腰が痛んだが、一階にいたときのような息苦しさはなかった。手を冷やす必要も。むしろ汗が引いて寒いくらいだった。スマホで時間を確認しようとすると青白く光る画面が目を刺し、しばらくきつくまぶたを閉じた。目の奥の痛みがそっと溶けていくのを待ってから、私は廊下へと出た。

休館日ならいつも聞こえてくる管弦の調べも波の音も、今日はなかった。二本の脚が立てているはずの足音も、歩くそばから影へと吸い込まれていく。窓の外では階下の中庭の緑が暗がりとの境界を失い始め、夜の気配が一層濃くなっていた。私はヴィーナスに一目会えればいいと思った。来週来るね、と彼女に言い、そうして月曜日を待つための希望が持てれば。もうすぐ警備員の見回りも来るだろう。だからこんな場面を見るつもりはなかった。無防備に開かれたドアの向こうの光景を。

白く浮かぶそれを見たとき、蛇かと思った。楽園で最初の女をそそのかす狡猾な生き物。あるいは八つの頭と八本の尾を持ち、娘たちを食らう怪物。けれど彼女の舞台はちがった。彼女の神話では蛇は女を誘惑しなかった。もっとも本当は彼女自身、あらゆる神話と無関係だった。ただ彼女が彼女であるというだけで。

そしてそれはもちろん蛇ではなかった。

薄暮に溶け込みながら、ハシバミは絡みつくようにしてヴィーナスを検分していた。マスクをしていたが整った眉や目、そして女神たちと同じくらい白い肌は明らかに彼のものだった。ハシバミはヴィーナスの大理石の肩にルーペを向けると、見ていることらの息がつまるほど顔を近づけて注視し、そこに傷がないことを確認するとわずかにルーペの位置をずらして再び覗き込んだ。長く見つめるほど、視線の先にあるものが自分のものになると信じているみたいに。しかしルーペを持つ右手が緊張感に満ちたその作業を手際よく繰り返す一方で、彼女の肌に置かれた左手は手袋ごしにもぎこちなく映った。そうした彼の姿は、体が左右で分裂しそうなのをこらえている人みたいだった。

ルーペが肩の丸みを過ぎると、ハシバミは息を吐き出した。ヴィーナスはうんざりした声でつぶやいた。

「暑い。息しないで」

「仕方ないだろう」返答する声はどこか甘かった。

あらゆる影が暗さに等しく溶け始める中、彼は抱きすくめるようにしながら彼女の身体をくまなく調べる。彼女だけを。普段は饒舌な他の女神たちも今は何も言わず、目を伏せていた。途中でアルテミスの猟犬が唸り声を上げたが、ハシバミが顔をしかめて舌打ちをすると小さく震えてクウンと鳴き、やがて静かになった。

これは学芸員としての仕事なんだろうか。私は混乱した頭で考える。ハシバミはいつものシャツとスラックスの上に、彼女に触れるためなのか白衣を重ねていた。柄のない黒縁のルーペはいかにも本格的で、彫刻の点検や保全に従事しているようだった。彫刻? そう、彼女は彫刻だった。手も足も出ない。

ハシバミの腕の中にいる彼女は、ただの彫刻に見えた。白い瞳には意志がなく、微笑みを浮かべる唇は一体何がそんなに楽しいのかわからず、S字にくねらせた姿勢は唐突というか調子外れな印象だった。確かに大理石の顔は、髪は、体は美しかった。

けれどその美しさは彼女の率直な、ときに秘密めいた話し方や雨音のような笑い声とはずいぶん遠いところにあるように思った。

「まだ終わらないの、これ」ルーペがようやく脇腹まで下がると、彼女は口を開いた。

「終わらないよ。いつも真夜中までかかるだろう？　美しいものを後世まで残すことが僕の仕事だから」

脇腹に入るとルーペの動きは一層遅くなった。曲線に魅入られたように。

「じゃあ私も仕事だから」ヴィーナスは続けた。「払ってもらおうかなモデル代。ここに来てから五十年分。一日八時間、休憩時間なし、週六勤務」

「何だよ、使うあてもないくせに」

「けれど他の彫刻もみんな要求し始めたらどうなるかしら。もし腹を立てて、開館中もぺらぺら喋り始めたら？　あなたが怖がっているものは言葉。あと連帯」

ハシバミは顔を上げた。

「壊すぞ」

「さっさと壊して。私はもういいから」

再び沈黙が訪れた。ハシバミはルーペを置き、そして白い手袋をした両手でそっと彼女を抱え込んだ。やや芝居じみた仕草で。ヴィーナスは絶望的なため息をついた。

「壊せるわけがないだろう。こんなに美しい彫刻を。どうしてわからないんだろう、僕がこんなに愛していることを。減らず口ばかり叩いて」

「じゃあ代わりになってみてよ、じろじろ見られて、何にも考えなんてない石みたいにずっと黙っていて」

「嫌だよ」ハシバミは急に低い声で短く笑った。「悪いけれど、これはたまたまそうなんだよ。最初からそう、決まっているんだ。僕にとっても悲しいことに」

検分は再開された。腰を包む衣のまわりはとりわけ複雑らしくハシバミはさらに身を乗り出し、ときどき彼が息を吐き出す音以外は何も聞こえなくなった。闇が博物館の天窓を包み、夜の芽吹が少しずつ展示室を侵食する中、二人の姿は絡み合う蛇のように仄白く浮かんでいた。私はそこから目を離したかった。けれど両目はその光景に吸い込まれるように動かない。

これはきっとなんでもないこと、と私は自分に言い聞かせる。ハシバミは学芸員で、彼女のメンテナンスをしている。彼の腕の中にいるヴィーナスは柔和な笑みを浮かべ、幾分リラックスしているように見えなくもない。もしかしたらこれはエステのようなものなのかもしれない。より長く、ずっと美しく存在するための。実際、彼女はそうして二千年もの間台座にいるのだ。と、思ったところで彼女が低く呻く。ハシバミのルーペは腰の布をなぞり、脚と脚の間にさしかかっていた。彼女の微笑には奇妙なゆがみが混ざっていた。

そこで私はようやく認める。私は怖かった。今展示室に入ったら二人はどんな顔をしてこちらを見るのか。そしてわからなかった。彼女はどうしてこの状況を受け入れているんだろう、なぜこんなときでも微笑んでいるんだろう。見えない奥のくぼみが縮み、引き攣る。その知らない痛みに、私は思わずレインコートの肩を抱く。化繊が乾いた音を立てる。

その瞬間、ハシバミがこちらへと振り返った。私は息を殺した。汗のにおいがせり上がり、そのにおいがこぼれないように両肩をさらにきつく抱いて後ずさる。一歩、二歩。そして固まる。どのくらいそうしていたのだろうか、やがてハシバミはルーペへと視線を戻し、口を開いた。

「そういえばあのアルバイトはどう？　もう二か月近いけど」

「ホーラ？　いい子よ」

いい子。私は心の中で復唱する。その響きは複雑な模様を描きながら落ちていく。

「しかしおもしろい呼び名をつけるよな。名前からとはいえ、ホーラ。あれだろ?ボッティチェリの『ヴィーナスの誕生』にも出てくる季節の女神」

「ええ、衣を着せてくれるの。裸のヴィーナスに」アルトの声は少しだけやわらぐ。

「私にアドニスはいらないの。ゼウスも軍神マルスも、あなたも」

「ひどいな。心がないいんじゃないか」

ヴィーナスはしばらく考えこむような表情をすると、衣の薄いひだの細部を調べるハシバミの方を見やった。

「ねえ、一つ賭けをしない?」

「しない」女神の腰を覆うひだは遠目に見ても相当に細かく、ハシバミは顔を上げる気がなさそうだった。

「あの子が私のことを好きになってくれたら、私をここから出してくれない?」

私は今すぐ展示室に飛び込もうとした。二人の前へと。しかしルーペを持つ手が抗議を示した。私は足を止める。

「賭けるメリットが僕にない」

「じゃあ、こうしましょう」大理石の口もとには迷いがなかった。「もし彼女があなたのことを好きになったら、彼女にはもう会わない。話し相手のアルバイトを辞めさせて。私は沈黙する。あなたの希望通り」

私は足を踏み出した。展示室とは逆の、出口に向かって。

誰もいない廊下を通り、大階段を下りた。一階の展示室の施錠をしようとしていた警備員は私を見て驚き、何かを言おうとしたが私がハシバミの名前を出すと不審そうな顔をして口を閉ざす。私は無理やり出る。何もかもが面倒だった。

アパートに戻ると、珍しく一階から人の声がした。セリコさんではない人の。高齢者狙いの悪徳商法かと思いドアを開けると、セリコさんと知らない中年の女性がテレビを見ていた。最近話題になっている、皇族の女性の結婚をめぐる報道だった。

「かわいそうに、この人だっておにんぎょさんじゃあるまいし、言いたいこともあるでしょに」

私が鼻を鳴らすと、セリコさんは振り返った。「ああ、リカさん」いつになく明るい声だった。

「先週からね、ヘルパさんに来てもらってましてね、あんまりリカさんのお手を借りるのも悪いから……」

ケアマネージャーだというその人は頭を下げた。白くつややかな頬をした感じのいい人だった。が、その頬や首の肉付きが、博物館の受付の女性と同じだと気づく。私は踵を返してわななく手をドアノブに掛ける。おゆはん、というセリコさんの声が聞こえた気がしたが無視して。

もたつくレインコートの裾につまずきそうになりながら階段を上ると、途中であの橋が暗がりの中に見えた。誰も通らない。

それでも私は月曜日に焦がれていた。この前見た光景は夢だと思おう、と決めた。もちろん、最初からそう割り切っていたわけではない。二匹の蛇の光景は何度も私の夢に現れた。繰り返し、執拗に、ひどい寝汗を伴って。しかし不穏な夢から飛び起きるたびに、私はその光景から逃げるようにレインコートにくるまり、再び意識が途切れるのを待った。それに、と思う。ヴィーナスは博物館を出たら何をしたいんだろう。私はどうするんだろう。もし彼女が私のことなんて全然好きじゃなくて、実は田舎暮らしをしてみたいとか英会話スクールに通ってもっと多くの人と話したいとか、本当はワイングラスをやたらくるくると回していそうな男性が好きだとしたら。レインコートの中でくだらない想像は増殖し続けた。

そうして私は今まで通り昼間は冷凍倉庫で働き、夜になれば美術や歴史の本を読んで過ごし、つくづくヴィーナスが大理石でよかったと思った。もし彼女が銅像だったら、今ごろどこかの海底に沈んでいたかもしれない。戦争中に金属回収に出されて大砲にでもなって。

けれどもしかしたら、そちらの方が彼女の望みだったのだろうか。

その日、私が展示室に行くと彼女はある女神を意味ありげに見やった。ヘラ。ギリシャ神話の主神・ゼウスの妻で、夫の浮気相手やその子どもたちに罰を課してきた嫉妬深い女神。

「あの人、すごいんですって。昔修理士から聞いたんだけど、修復のたびに少しずつ顔をいじってもらって、もはやほとんど原形がないみたい」

「あなたはしていないの？　修復」私はややたしなめるつもりで尋ねた。

「私も結構手入れてるわよ、もちろん」

天窓を覆う雲が途切れ、彼女のつややかな腕に光が射しこむ。私は彼女と同じ女神を模した彫刻のことを考える。歴史のどこかに両腕を置き忘れた、有名な女神像を。

「そりゃ二千年以上も生きているんだもの。でももういいわ。美しさも、見られることも。劣化して次にどこか損傷したときは、何もしないことを間違いなく選ぶわ。ねえ、彫刻に献体の制度はないのかしら。あなたが代わりに署名してくれると嬉しいんだけど」

私はもちろん断る。そんな話はしないでほしいと彼女に頼む。同時に彼女が言うような「劣化」が目に見える形で次に起こるときのことを想像する。それは三年後かもしれないし百年後の可能性もある。千年後かも。できれば私の死後がいい。帰りのバスで「大理石　劣化　何年」と検索すると、キッチンや浴室などに使われる大理石のリフォームに関するサイトばかり出てきて、私のネット環境はしばらくリフォーム会社の広告だらけになる。

翌週のヴィーナスは湧き出る泉のように思い出話を続けた。

「コロッセウムの試合の前日の公開晩餐会でね」

「まだポーランドがリトアニアと共和国だったときのことよ」

ヴィーナスがとりとめなく過去の話をすることはままあり、そういったときは彼女が話すのに任せた。彼女の思い出話は尽きなかった。なにしろ思い出が二千年分ある。けれど古代ローマでの初めての恋人の話が出ると、私は少し意地悪な質問をした。

「そのころのあなたは、何か夢とかあったの？」

「弁護士よ。奴隷たちの権利に関心があったから」

十二表法をはじめとした法律を頭に叩き込んだ彼女が夢を諦める決定打となったのは、彼女曰く「すごく優しかった」恋人の言葉だった。悪いことは言わない、君はここでのんびり過ごしていればいいんだって。法廷で活躍しているのは、みんな歩ける男性だよ。

「今なら……そうね、動画でも配信してみようかしら。世界の美術館にいるラテン語ネイティブの彫刻たちや、ラテン語が必修のヨーロッパの中高生に向けて。動画を編集できる指があれば」

私はとっさに自分の手を隠した。ヴィーナスが大理石のゼウスや銅像のアポロンと、今よりもっと早口のラテン語で喋る様子を想像して。

陽の傾きとともに女神たちの影が伸び、アルバイトの終わりの時間が近づくと私はきまって落ち着かなくなり、立ったり座ったりをむやみに繰り返した。

「また来週、必ず来ますから」

「ええ。楽しみにしているわ」

「だから」

だから何なのだろう。私はまたセックスがしたいのだろうか。言葉の続きを、自分の期待の終着地を求めてあたりを見回す。他の女神たちはみな古代ギリシャ語や古フランス語などそれぞれの言語でお喋りを続け、休館日を謳歌していた。

私が言葉に詰まってうつむいていると、ヴィーナスはあやすように笑った。

「大丈夫よ、残念ながら私は必ずここにいるから。少なくとも、あなたよりもずっと確実に」

それは確かだった。彼女が流行の感染症にかかったり交通事故に遭う可能性は私と比べて限りなくゼロに近かった。二本の脚が台座を降りる可能性は。

帰り際、展示室を後にしながら私は彼女の方を何度も振り返った。彼女もこちらを見ていた。私がうなずくと形のよい顎もわずかに下がる。その白い唇が刻んだ甘い言葉の欠片を、私はたった一つのお守りみたいに次の月曜日まで握りしめて過ごす。

天気予報によると先週梅雨入りしたらしい。梅雨のはじめの夜は意地の悪い湿気に満ち、肌寒かった。私は夜になるとベッドに入り、タオルケットと一緒にレインコートにくるまった。自分が彼女に具体的に何を求めているのかわからなかった。ただ、私をめぐる何か途方もない約束をしてほしかった。

学芸員と呼ばれる人たちが美術館や博物館の暗がりに座っているわけではないと知ったのはいつだろう。でもそれを知ったところで学芸員の仕事を理解したことには到底ならない。少なくとも、人間よりも彫刻が好きだというその学芸員のことを。

月曜日の午後、いつものように博物館の裏口に着いて電話をしようとすると目の前のドアが先に開いた。「ようこそ」ハシバミが立っていた。

思わず顔を背けた。しなやかな手やシャツが否応なしに先週の夜に見た光景を思い出させ、私は黙って後ろから彼の影を踏みながら歩き、目を合わさないようにした。しかしそんなささやかな反抗を気にする様子もなく、ハシバミは女神たちの部屋へと向かう。最初の変化があったのは大階段の途中だった。

「暑かったですか、外は」

私は足を止めた。すると、ハシバミも。彼との間で交わされる会話はいつも同じだった。「段差です、お気をつけて」「はい」「来週のシフトは大丈夫ですか」「はい」まして外の様子を訊くことなどなかった。

「いえ、雨が冷たくて」階段を二段飛ばしで上がる。声が少しかすれる。

「そうですか」

私が追いつくとハシバミは再び歩き始めた。飼い犬がついてきていることを確認したみたいに。

二階の廊下ではどこかの展示室から読経が聞こえてきた。「雨が降ると夜中でも読経を始める仏像がいてね」ヴィーナスは以前話していた。「気味も悪いから、やめるように何度か伝えてもらっているんだけど全然やめてくれないの。そんな風だから解脱できないのよ」そう言って笑う彼女を思い出して少しだけ勢いづき、私は尋ねる。

「ハシバミさんが来たときは降ってませんでした?」

「僕はここに住んでいるんです。この博物館に」

ハシバミはそう言った後、困ったような、しかしどこか勝ち誇ったような顔をしてこちらを見た。私たちは展示室の前で見つめ合う形になった。見つめ合いながら、私は彼の顔を何度も忘れた。賢い犬みたいな目も見事な稜線を描く鼻も崖のような頬も、どれも完璧なバランスで配置されているのにそれらがどう位置し、関係しているのかは像を結ばずにすべり落ち、ここに住んでいるという彼の言葉だけが私の頭の中に横たわっていた。やがて彼は黙って鍵を取り出して扉を開け、私に入るように促した。帰りはハシバミが何か話しかけようとするたびに、私はその呼吸音を察知してレインコートのフードに顔を埋めてやり過ごした。

けれどハシバミは粘り強かった。翌週、彼は展示室を出ると息をつかずに言った。

「たまには僕にも付き合ってくれませんか。地域について知る機会として、ホラウチさんにも展示を見ていただきたいんです」

私は少しだけハシバミに同情した。彼はなんの興味もない私のことを誘惑しなければいけないのだ。美しい女神を手放さないために。

彼は一階の展示へと私を案内した。私は先日見たばかりの展示をはじめて見るかのようにゆっくりと歩き、貝塚の史跡や地層の模型の前に立ってみるものの、視線は少し先を歩く学芸員の後ろ姿へと自然に吸い寄せられた。一階は薄暗く、青白い肌を浮かべて展示の間を回遊するその姿は博物館に棲みつく幽霊みたいだった。そういえば私がこの博物館でハシバミ以外に目にしたことのあるスタッフはごくわずかだった。

清掃スタッフすら見たこともない。建物は古く、赤絨毯も真鍮の建具もそれなりに年季は入っているが、温度や湿度の管理のためか館内には不潔な感じもかび臭さもなく、展示用のガラスケースには指紋一つついてない。手入れが行き届きながらも人の気配のない博物館は、彼とヴィーナスの屋敷みたいだった。とっくに時が止まった屋敷で、幽霊の主人と女神の彫刻のために見えない妖精たちが健気に働いている。

展示を一周すると、ハシバミがソファで本を読んでいるのが目に入った。私が近づくと、わずかに顔を上げる。

「見てきました」

「ありがとうございます。いかがでした?」

私は時計針の職人のことを思い出した。機械に代わられて解雇されたという時計針の職人たちのことを。

「職人の人たちは、やめた後はどうされたんでしょうか」

ハシバミは笑い声を短く上げた。文字で書いたような笑い方が、木曜日の夜の光景を嫌でも思い出させた。私はレインコートの内側で体を硬くする。やがて彼は私を中庭に誘った。職人たちについての答えはなかった。

中庭は意外にも広く、さらに意外なことに日本庭園だった。枯山水を横目に石畳の小径を進んで木々を通り過ぎると嘘みたいに巨大な鯉が悠々と池で泳ぎ回り、朱色の太鼓橋を渡れば一角には茶室が慎ましやかに控え、さらに奥に進むとちょっとした滝まであり、ごうごうと勢いよくしぶきを上げていた。カモの親子を見つけたときには私は完全に方向感覚を失っていたが、ハシバミが足早に進んでいくのでとにかくついていくことに集中する。彼は黒々と隆起する松の隣にある屋根付きの休憩所へと入るとようやく足を止めて腰かけ、私を待った。

「広いんですね」

私は追いつき、汗だくで言った。レインコートの裾に土埃がついていた。

「ええ」ハシバミは息一つ乱れていなかった。「この建物の持ち主だった資産家は、庭が趣味だったもので」

「きれいに管理されていて」額の汗を手で扇ぎながら彼の背後にある木の枝が一本、こちらに伸びているのが目に入った。

「もちろん何事も美しくあり続けるためにはたゆまぬ努力と犠牲が必要ですが」

ハシバミはポケットからハサミを取り出すと、伸びかけていた枝をすばやく切り落として微笑んだ。池ではとりわけ大きな鯉が自分の尾を追って、憑かれたようにその場をぐるぐると回っていた。

「ああいうのも自分や愛する相手の死について考えることはあるんですかね」

ハシバミがつぶやいた。

「え？」

「ないなら羨ましい」

私は彼の隣から一人分を空けて座った。かさかさと耳障りな音を立てるレインコートの横で、傷一つない艶やかな革靴を履いた脚が組み直された。彼は口を開いた。

「慣れましたか、アルバイトは」

「はい」

「よかったです。ラテン語が堪能な方に引き受けていただいて」

「いえ」

「最近はラテン語を学ぶ学生もほとんどいないようですし。まして話せるなんて」

私はわずかに隣を見た。形のよい指は見えない模様を描きながら、膝に置かれた本の上を走っていた。絶滅危惧種の保存もしている有名な外国の植物園の本。表紙ではピンクと黄色の花々が息苦しいほど咲き乱れている。そこでしかもう生きられないみたいに。

「ハシバミさんは、どうして話せるようになったんですか」

「僕は」花をなぞる指が止まった。「ヴィーナスと話すために」

思わず彼の顔を見ると白い肌にわずかに赤みが射していた。

「意外ですね」率直な感想が口を突いた後、私は慎重に言葉を選んだ。「お二人が話すのを見たことなくて、あまり」

「ええ」彼の指は再び動き始めた。「そうでしょうね」

「わざわざ彼女のために言葉を覚えるなんて」

「ずっと昔のことです」

「それはいつ頃」彼は遮った。

「言葉なんて、覚えなきゃよかった」

指先の見えない模様が花々を塗りつぶしていった。気が狂った夕立みたいに。ここよりもはるかに緯度が高いその植物園にも夕立はあるんだろうか。私は回転し続ける鯉を眺めながら夕立の仕組みを考えようとする。昼間の倦んだ空気が上昇して厚みを増し、自らの重みに耐えきれなくなってくる。

「言葉の至るところは失望です」

ハシバミはゆっくりと言い聞かせるみたいに言った。遠くにいる誰かに。あるいはうんと近くに。

「言葉はいつだって最後には果てしない差異を浮かび上がらせます。言葉で橋をかけて、橋の長さに彼岸を知る。僕はそれがさびしいんです。許せないといってもいい。

ホラウチさんはちがうんですか」

「私は」レインコートの袖を両手でつかみ、想像する。ぶ厚い積乱雲から飛び降りる、最初の水滴を。それはすぐに見えなくなる。「まだよくわかりません」

カモの親子が一斉に飛び立つ。と思ったが、よく見ると一羽だけ取り残されている。そのやせた子ガモは上空を飛ぶ母ときょうだいたちの後ろ姿をしばらく眺めると、やがて何事もなかったかのように泳ぎ始め、水面をつついた。

ハシバミは膝の上の本をベンチに置き、こちらに向き直した。来た、と思った。

「話が逸れました。今日はホラウチさんに頼みたいことがあります。少しの期間だけ、僕に好意があるふりをしてもらえないでしょうか」

　私は呆気にとられた。彼は誘惑するつもりがなかった。騙すつもりすら。しかしハシバミはいたって真面目な顔つきだった。

「すみません、好意があるふりとは」

「そうですよね、急に言われても困りますよね。でもアルバイトの時給を三倍にすると言ったらどうでしょう？」

　ハシバミは先ほどと同じ顔つきで尋ねてきた。そんな顔で提案を口にすることは致命傷のように思った。何かが足りないようにも。私は急に疲れてきた。

「あの、よく意味がわからなくて」

「わからなくていいんです。そうしてもらえれば」

　私も困っていたが、彼も困惑しているようだった。条件までよくしてやっているのに、どうして相手がこんなに簡単なことを引き受けないのかまるで理解できないというように。彼の口調の中では、私の体はシリコンか何かでできている機械みたいだった。電気信号を送ると決まった反応をするはずの。「こんにちは」「調子はどう？」「愛してる」

ふと、体全体が重くなった気がした。見ればレインコートの裾が激しくはためいていた。何かを威嚇するように。

「とにかく」ハシバミは言った。「考えておいてください。急ぎはしませんので」

私はベンチから立ち上がり、二、三歩歩いた。そして振り返らずに中庭を後にした。鯉は最後までぐるぐると回り続けていた。

まだ明るいアパートに帰ると、隣の部屋の男の子が脚を投げ出してドアの前に座り込んでいた。私の部屋の、ドアの前に。先日やってきた職員の女性のことを思い出す。

「今日はカレーじゃないけど」私の声はみっともなく上ずる。

彼は顔を上げた。色あせたオレンジ色のトレーナーは、色あせた水色のTシャツに変わり、いつか見た空白部分はま新しい前歯で埋まっていた。ポケットから何かを取り出す。

「あげる」

それはキャラメルの箱だった。彼は立ち上がると自分の部屋には入らず、階段を下りてどこかに走り去っていった。

箱には二枚の白黒写真のカードが入っていた。万里の長城と、ナイアガラの滝の。しぶきの凍てついた滝は止まった時間の中で罰を受けているよう。

六月の後半はレインコートに厳しい季節だった。連日の湿気に暑さが加わり、レインコートの下は小さな亜熱帯へと変貌する。私は汗がひどくなる。首やひじの内側、背中が痒くなり、夜中に掻きむしるうちにふと何かがつぶれる感触がした。おそるおそる鏡の前でパジャマをめくると、赤い水ぶくれがトイレの壁紙の小花柄みたいに背中を占拠していた。汗疹だった。翌朝、私は仕事の前に皮膚科に寄る。もう何年も通っている皮膚科で、ひじの内側を見せようとすると袖をまくり終わらないうちにいつもの薬を処方された。

この季節は冷凍倉庫にも厳しい時期だった。まだアルバイトとして働き始めたばかりのころ、「この仕事は冬より夏がつらい」と聞いたときは嘘だと思ったが、今だとよくわかる。屋外と冷凍庫内の温度差が四十度、五十度と広がるにつれて自律神経は悲鳴を上げ、不眠や頭痛に襲われる。今週は二人、体調不良で休んだ。私はイケダさんからシフトを増やしてくれないかと相談される。「よかった。ホラウチさんがいて」イケダさんはいつもの風邪声で言い、私が返事をするよりも先に社割で注文していた冷凍食品を握らせた。

夕方、シフトを終えて冷え切った体で冷凍倉庫を出て広がる世界は、湿気と音に満ちた不快な場所だった。私はぐったりとバスに乗り込み、自分のアパートへと帰るなり冷房をつけ、その温度を毎日少しずつ下げた。気づけば図書館にもほとんど寄っていなかった。ヘルパーの人が来るようになってからセリコさんからの電話は減り、私は早めの夕食を終えるとライブカメラで世界各地の様子をひたすら眺め続けた。山添いの道の駅もポルトガルの漁港もアルゼンチンのロープウェイ乗り場も、画面の中ではそれぞれ人が現れ、同じ数の人が消えていった。ある日見たタイの村では無数のサルが群れて眠っていた。その光景に心和み、お茶でも飲みながら見ようかと思うと、ふと奥で眠っていた一匹が起き上がってこちらに近づき、木の葉でカメラを覆った。サルたちは消えた。

私は不意にユウキくんのことを思い出し、スマホで検索してみた。隣のベランダから腕を伸ばしてくれたユウキくんを。名前は憶えていた。名前は。オシロイバナの遺伝子についての修士論文や企業の株主総会のリリース、何年も前にスキーサークルの合宿の写真をアップしたきりのフェイスブックのアカウント。彼と同じ名前を持つ人々の情報が次々と現れるのをスクロールしながら、そういえば私はユウキくんがどんなのものが好きだったのか、どんな職業を夢見ていたのか、何も知らなかったことに気づいた。

いつか税金がかかることはあるだろうか。臆病であることに、手を伸ばさないことに対して。

梅雨の合間に織り込まれた、夏の予選みたいな日だった。外を歩けばアスファルトがまばゆいほどの反射をひらめかせて昨日までの湿気にふくれた目が灼け、耳は暑気に萎びていく。しかしここはそうした環境から独立し、むしろ外の環境が苛烈なものになるほど、内部の見えない規律はいっそう強固に守られ、いつもとまるで変わらない姿を現す。博物館に一歩足を踏み入れるなり私の肌はレインコートの中でも冷気に粟立ち、鼓膜はじんと痺れた。先を歩くハシバミとの会話は、先週のことなどまるでなかったように元に戻っている。「段差です、お気をつけて」「はい」

一方、展示室ではヴィーナスはいつになく蒼ざめ、アルトの声はかすれていた。

「湿気の次は照り付け。冷房がきつくて、まいるわ」

「なんか疲れてる?」椅子から見上げる彼女は急に年を取ったようだった。

「あまり眠れなくて。古今東西で断眠が拷問に使われてきた理由がよくわかるわ。自分であり続けることから逃れられないなんて」

金の蔓模様のティーカップで湯気を上げていた紅茶は、いつの週からか透明なグラスに入ったアイスティーになっていた。

私たちは他の展示作品について話した。けれどその言葉は途切れがちで、カラカラと氷のぶつかる音を聞きながら窓の外に広がる光の洪水を眺めるうちに、私はどこかの惑星から地球を見ているような気分になる。耳が痛いほどの無音の中で、私は重力と引力のどちらの興味をひけずに灰色の惑星の地表付近でただ一人浮かんでいる。地球への帰り方はよくわからない。帰りたいのかどうかも。

気づけば口を開いていた。

「あの、ハシバミさんといるところを見てしまいました」

「そう」女神はゆっくりとまばたきをした。「どう思った?」

「ひどいと、思いました」

「そうよね」ヴィーナスは微笑んだまま言った。映画やドラマならこういうとき、何か動作をするのかもしれない。肩をすくめたり、飲み物のストローを意味なく回転させてみたり。けれど彼女の首から下は微動だにしなかった。

「ええと、ずっとこうなんですか」

「ハシバミのこと？　こう、というのが何を指すのかによるけれど彼はずっと同じよ。同じであることが好きな人なのよ」

彼女が表情を変えずに話すことが、なぜか私を傷つけた。

「嫌じゃないの？」

「そりゃ嫌よ。嫌すぎるでしょう？　不気味な学芸員の他には誰も言葉が通じない場所で毎日知らない人にじろじろ見られて。ずっと変な姿勢で肩こりもひどいし」

「逃げましょうよ、ここから。もっと自由になれる場所に」

用意していたようにそんな言葉が自分の口から出たのに私は驚いた。けれどそのとき、廊下から足音が響いた。ハシバミだろうか。私はヴィーナスを見つめる。黒目のない温かな瞳を。しかし、彼女は疲れ切ったようにしばらく目をつむると、足音が去るのを慎重に待ち、やがておそろしく優しい声音で尋ねた。

「ホーラ、一つ想像して。世界で一番こわいものってなんだと思う?」

私は即答する。あなたがいないこと。ヴィーナスは微笑みながらその答えをさりげなく退ける。待つものがないこと。

「みんな待つものがあるからやり過ごせるのよ。大きなものでも小さなものでも叶わないものでもいいけど、とにかく待つから耐えられるの。三度の食事を待って週末を待ってクラス替えを待って恋人を待って卒業を待って異動と転職と退職を待って眠りを待つ。そして死を待つ」

彼女は話し続ける。単純な文法を説明する教師みたいに。

「私は最初も待っていたの。それは来たわ。何人も、いくつも。そして過ぎた」

「過ぎた?」

私は問う。彼女は微笑みながらわずかな間考える。少しだけ意外な、でも決して難しくはない質問を学生から投げかけられたように。

「駅前や公園にもいるでしょう? 犬とか裸の女の人とかの彫刻。あれよ。みんなが私の前で待ち合わせて相手を見つけたらどこかに行くの。けれど私はどこにも行けない。にっこり笑ってみんなを迎えなきゃいけないの。詩の才能があったらこの時間でずいぶん作れるんでしょうけれど、私にはそれを書き残す腕もないし、この言葉を理解できる人もいなくなったわ」

「私がいる」私の声は行き場を失う。グラスの中で溶けていく氷とともに。

「あなたと会えるのは楽しみよ。何よりも。けれどあなたは死ぬ。私があなたを求めて待つほど、あなたはさっさと死ぬ。必ず死ぬ。私を助けたいと思うなら、死ぬ前に私を台座から突き落として終わりにしてほしいの。それに」

ヴィーナスはわずかに息を吐いた。

「あなただってあのとき助けてくれなかった」

「気づいていたの？」

彼女は答える。別の形で。

「あなたは自分が傷つくことはしないのよ。そうやって他の人を、自分のことだってただ遠ざけてきたの」

その言葉は一片ずつ惑星の地表を転がり、いつのまにかあたりは風が吹き始めていた。高濃度の二酸化炭素や硫黄なんかを含んだ熱風が。私はレインコートの中で身を縮める。黄色のビニールをもっと厚くしたいと思う。どんな温度も、誰の声も届かないシェルターみたいに厚くして永遠にそれに閉じこもり、同時にそれが破れればいいと期待している。鉛も溶かす高温の風の中で私はたちまち私の形を失う。インナーカラーの髪も、絶えず渇きを訴えるくぼみも。そうしてこの惑星と一つになる。一ミリのさびしさも入る隙なく、むせかえるように幸福に。

「ねえ、ホーラ」

金星がささやく。ここが二人の他に誰もいない明け方のホテルの部屋ならいいのに。私たちは旅の途中でベッドの中。今日は万里の長城を見に行く。明日はウユニ湖。

「私はもう待ちたくない」それに、とヴィーナスは続けた。

「こんな話をしている間だって、私は口角を下ろすこともできないのよ」

彫り刻まれた微笑を前に、私は黙ってボリビア行の飛行機をキャンセルする。展示室の入口にハシバミが立っていた。

お幸せに、あなたの待ち合わせで。ヴィーナスはそう言って目を伏せた。私はそれに気づかないふりをした。彼女の声の奇妙な震えにも。そうして女神たちに手を振って部屋を出る。天窓の向こうの夕空はオレンジ色に輝き、梅雨の向こうに控える夏の訪れを祝福している。勝手に押しかけてきては帰ることを知らずに居座る客のような、長いだけの夏を。

二階の廊下はひそやかな音に満ちていた。暇を持て余す古楽器たちのカルテット、海を懐かしむサンゴや三葉虫の化石の震え、絶滅した鳥たちの骨格標本のわずかな身じろぎ。学芸員はその一つ一つを手に取るように嬉々として歩いていく。ここに住んでいる、という彼の言葉を私はぼんやりと思い出す。

やがて彼は振り向く。展示室の前で立ち止まったままの私への嫌悪を隠す気もなく。

「誤解しないでください。これは彼女のためでもあるんです。彼女はどこにも行けない。彼女だってそのことをきちんと受け入れてわきまえた方が身の丈にあった幸せを享受できる。それに」

それに。再び現れたその言葉に、私は受け身を取ろうとする。しかしそれは間に合わない。

「あなただって、彼女が本当に自由になったら困りませんか。ある日台座が突然空になったら。きわめて凡庸な感情です。愛する人には幸せでいてほしい。けれどそれは自分の望む範囲の中で。そしてこの凡庸さを捨てたくない。そうでしょう?」

その日、私はいつもより早く入浴を済ませてベッドに入った。風邪の予感がする日の夜みたいに。横になると、隣の部屋からラジオの音がもれてきた。男の子の部屋とは逆の、姿を見たことのない方の隣人の部屋から。ラジオはポルトガル語の入門講座。今日のポイントとなる例文は「試着をしてもいいですか」

「どこか悪いですか。水枕いります？」

途中で一度、セリコさんがおそるおそる部屋まで様子を見に来た。ヨモギを練り込んだという湿布を大量に抱えて。

「大丈夫です。ちょっと疲れただけです」

「ほんとに、ですか」

本当にどこも悪くなかった、困ったことに。

隣の部屋ではポルトガル語講座が終わると、高校生向けの現代社会の講座が始まった。基本的人権についての解説を聞きながら、私は眠りの訪れを待った。意識が途切れるのを。しかし体は早すぎる就寝に不服を訴え、なんとなしにスマホでライブカメラを開くものの、消灯した部屋では画面の向こうのささいな物音がやけに大きく響き、すぐにやめる。外では雨が降り始めていた。ぬるい湿気が建付けの悪い窓から侵入し、レインコートと肌の隙間に入り込む。

像する。カタツムリ。私は目を固く閉じ、どこかのアジサイの葉の上を進むカタツムリを想像する。カタツムリは色も形も識別しない目で闇をたどる。オーロラみたいな粘液を出し、やわらかく繊細な皮膚が傷つかないようにのろのろと。夜は日差しによる乾燥や頭の悪い鳥たちがやって来る心配がないのがいい。

カタツムリの殻はこのあたりでは珍しい左巻きだった。カタツムリはそのことに安堵している。殻の向きがちがうカタツムリとは交尾ができない。交尾。交尾については話には聞いている。交尾、あるいは恋について。なんでも恋矢という槍のようなものを出して互いに刺し合い、中には命を落とすものもいるという。恋の矢！　カタツムリは身震いする。カタツムリは痛い思いをしながら死にたくなかったし、誰のことも殺したくなかった。だから今日も左巻きのカタツムリに出会わないことに感謝する。ああ、空が白んでくる。カタツムリの目は明るさのみを感知する。光があふれ出してくる。猛烈な速度で。そうして私は目覚める。レインコートとタオルケットが絡まる中で、不本意にも。

冷凍倉庫ではさらに一人が体調不良を訴え、先月入った一人が辞めていた。気づくと私はほぼ毎日シフトを入れられ、冷え切っているのにどこか熱のこもった体を引きずって家に帰ってはひたすら眠った。このころの私は寝てばかりいた。性根の悪い風邪が通り過ぎるのをただ待つみたいに。

いつのまにかレインコートは見たことがないくらいぶ厚くなり、古いゴム手袋のように硬くなっていた。汗疹の一部は膿み、シャワーを浴びてタオルで体を拭いていると、足の付け根に特に大きな膿を見つけた。両手の人差し指の爪で左右から押してみる。黄緑がかった膿は膜の中でぷっくりと丸くなり、爪の角度を変えるとともに狡猾な粘菌のように大きく膨れ、やがてわずかな血とともに弾けた。私は消毒用アルコールを吹きつけたティッシュで拭う。

ある夜、夢を見た。私は博物館の入口にいた。それはヴィーナスのいる博物館よりもずいぶん大きく立派な博物館で、花々の彫刻がなされた絢爛たる門をくぐったところだった。玄関へと続くアプローチは見事な庭を波打ちながら横断し、私はウサギやゾウの形をした植木や華々しくしぶきを上げる噴水を眺めながら歩く。レンガ造りの玄関へとたどり着くと、重々しい扉が音もなく開いた。

一階の大広間は賑わっていた。展示は剝製やホルマリン漬けが中心だった。ルーマニアで発掘された一角獣の角に青銅色の人魚のミイラ、白龍の肝。古今東西の珍獣たちが博覧を供し、人々は熱に浮かされたように広間を歩き回っていた。不思議なことにその顔はみな淡いピンクの靄に包まれて表情を隠し、靄はときどき警告でもするみたいに小さな雷を発するが彼らはまるで動じず、同行者と熱心に感想を交わしてはときに鉛筆でメモを取り、夢見るように展示を回遊する。

他方、二階の展示は実にひっそりとし、そして寒かった。そこにはさまざまな人が展示されていた。冷凍されて。小学生の冷凍、社外取締役の冷凍、好々爺の冷凍。冷凍といっても完全には凍りついていないらしく、彼らは冷気で曇らないように加工されたガラスケースの中で青白い顔をし、いささかやつれながらも気分がよさそうに緩慢と動き続け、中にはこちらに向かって手を振る者さえいた。足元や衣服にうっすらと降りていた霜が砕け、さり、さり、と瞬くように鳴った。

その音が襟もとからこぼれた。自分の。

「美しいですね」

ガラスの向こうでハシバミが微笑んだ。私はガラスケースの中に展示されていた。冷気が優しく全身を包む。私は力の入らない腕を、ゆっくりと伸ばしてみる。ハシバミは盛大に拍手をした。隣の人も、さらにその隣の人も。イケダさんの姿も見えた。私はお礼を言いたかったが声は空気中に放たれた瞬間、凍りついて落下した。イケダさんが自分の喉を指し、困ったように笑ってみせた。どこかで見たことのあるその仕草を眺めるうちに、私は声をなくしたことなんて気にならなくなった。拍手をする人は日に日に減り、今ではもう誰も私の方を見向きもしないけれど、それもどうでもよかった。さり、さり。

気づくと私は冷凍倉庫にいた。見知った棚の、上段に。お揃いの防寒ジャンバーを着た人たちが指示書を片手に棚の間を行き来し、商品を取り出しては台車で運んでいく様子が見えた。その中には、鮮やかな黄色のレインコートを着た人の姿もあった。私はその人を知っているような気がした。その人は指示書を見ながら近づいてきて、棚の前でずいぶんと長い間こちらを見上げていたが、やがて私の隣の商品を、「訳アリ人形焼き（こし餡）」を手に取った。そうして台車に積むとどこかに去っていった。振り返ることもなく。

その後ろ姿を見ながら私は安堵した。ようやく、心の底から。本当はずっとこうしていたかった。私は解放されたかった。誰かを求めることから、私であることから。パリパリと薄い音が耳元をくすぐる。凍り始めたのだ。

それが夢だと気づいたとき、私はやや落ち込んだ。トラックの震動でアパートが揺れる。

脱げないレインコートの利点はその欠点と比べるとはるかに少ないが、最も大きなというよりおそらく唯一の利点は多少の雨ならしのげること。

その日も私は傘を差さずに帰ってきた。バスの中から見えた空は割と明るかったし、夕方の車内はリュックを広げて折り畳み傘を探すには混み合っていた。とはいえ、バスのステップを下りた瞬間に生温かい風が大きくうねり、ほとんど鞭みたいな雨が降り始めたのは予想外だった。雨は容赦なくフードの下に吹き込んだ。

だからアパートの入口で隣の部屋の男の子と顔を合わせたときはさすがにバツが悪かったし、向こうも驚いているように見えた。彼は郵便受けの庇の下に座り込み、投げ出した脚の間にソフトビニールのような人形をいくつか並べていた。聞き分けのない小さな弟たちを諭すみたいに。私は軽く頭を下げて通り過ぎようとした。彼が裸足だと気づくまでは。

「家、入れないの？」私は尋ねた。自分の声が届くのか疑いながら。

彼は黙ってうなずいた。その裸足のすぐ先を、雨が一層強く叩きつけ始めた。

けれど私は迷っていた。部屋で雨宿りをさせた場合、彼の母親が誘拐だと騒いだりしないか、何より二人で何を喋ればいいのか。一階のすりガラスの窓が開いたのは、質問したきり黙りこくる私を彼が不思議そうに見上げていたときだった。

「あらまあお二人とも」

タマネギのにおいが漂う。振り返らなくても声の主はわかった。

「すごい雨ねえ。あ、おゆはん、ご一緒にどでしょ？」

いささか口数の少ない来客ではあるが、セリコさんは私たち二人を歓迎してくれた。

「あれま、あれま」「子どもさんの好きなメニュなんて」と言いながら冷蔵庫の中をどこか楽しげに覗き込み、コンロとの間を往復する。私が手伝おうとしても頑なに断り、手持ち無沙汰になった私は以前のように片づけようとしたが、ヘルパーさんのおかげか部屋は整然としていた。というより不用品が去ったセリコさんの部屋にはほとんど家財がなかった。小さなテレビと食卓とベッドをのぞくと、あとは作りかけのパッチワークの作品と何冊かの詩集があるだけだった。

トウマというその男の子はセリコさんの作った座布団に座らされ、テレビを見ていた。少なくとも、目をつむってはいなかった。夕方のニュースの特集は、最近異様に繁殖して野生化しているインコについて。インコに飼い犬を襲われたという女性は、インコがいかに巨大で獰猛だったかカメラの前で熱っぽく語っていた。

窓の外の雨が激しくなっていく中、食事会はささやかに始まった。冷蔵庫にあったヒジキ入りの肉団子はミートボール入りトマトスパゲッティーへと、かぼちゃの煮物はパンプキンスープへと変身し、食卓で湯気を上げていた。冷凍食品以外の、人が作った料理は久しぶりだった。おそるおそる手を伸ばし、大小が微妙に異なる野菜をスプーンですくう。「おいしい」頭の中の言葉がいつのまにかこぼれていた。「ちょりしだったんですよね、昔」とセリコさんは頬をかき、事前にタマネギを炒めておくと調理が楽になるのだと言った。

食卓では主にセリコさんが話した。というより質問し続けた。

「なんねんせなの」

「三年生」

まあ、ごねんせ。トウマはセリコさんの言葉を否定せず食べ続けた。

「きゅしょくは何が好きなの」

「鶏肉とかぼちゃが入ったみそのうどん」

「おいしいのね」

「腹持ちがいい」

その一言が引き金となったのか、夕食が終わるとセリコさんはトウマにデザートを食べさせてやるのだと言い張り、雨にもかかわらずスーパーに出かけていった。私はトウマと残され、なんとなくテレビを眺めた。

黙ってテレビの画面を追うトウマは小さな修行僧のように見えた。長いまつげの下の黒目に信じられないくらい光が集まり、その上を映像が通過していく。歌番組に出てきたアイドルたちのスカートの白さが、金融ローンのＣＭの利率のグラフが現れては消えていった。

「いつもそれ、着てるの?」

トウマが口を開いたのは番組が切り替わり、ネオンがぎらつく最悪な雛祭りみたいなセットが現れたときだった。

「それ?」

「黄色いやつ。レインコート?」

見えるの? 思わず聞き返していた。彼はテレビから目を離さずにうなずいた。画面の中では雛人形の代わりに制服を着た芸能人たちが並び、クイズに対して珍妙な回答を繰り返していた。私は構わず質問する。

「このレインコートが? 本当に?」

「みんななんか着てるじゃん。大人は。こんなに色も形もはっきりしているのははじめて見たけど。大抵はマスクやTシャツ、あとサングラスとか手袋とか、もっと薄くてぼんやりしてる。あ、さっきのばあちゃんは耳当て」

「耳当て」

「なんかホワホワした、毛。ファーっぽいやつ。というか、これつまんないね」

トウマは慣れた手つきでテレビの画面を消した。

ええと、私は整理しようとした。トウマの話によると、みんなそれぞれ何かを着ていて、セリコさんの場合は耳当てをしているということだろうか。よくわからないが、セリコさんがフワフワとした耳当てをしているのは似合う気がした。

「ねえ、それってみんな気づいているの？　自分が着ているものに」

「わざわざ聞いたことないけど」トウマは一つくしゃみをした。「あんま気にしてないんじゃないかな、普通に着てる感じだし。確かに耳当てとかマスクとかは話しづらそうだけど」

「うん、だってセリコさんたまに話通じないよ」

「でも多分みんなそうじゃない？　ずっと微妙にずれてるけど一緒にいるというか。現にそうやってフードまでかぶってても今一応話せてるでしょ。話そうとすれば」

トウマはそう言うと鼻をかんだ。カーキ色のパンツからよれよれになったティッシュを取り出して。私は食卓にあったティッシュを箱ごと渡した。持って帰っていいから、と言おうか迷う。セリコさんはいつもトイレットペーパーとティッシュを買い込んでいて、二ダースは納戸に常備しているのを知っていた。ヘルパーさんが捨てていなければ。

もっと質問したいことはあるが、渡したティッシュで鼻をかむとトウマは目をつむった。見えないUSBケーブルで充電するように。私は急に心配になった。こんなに小さな人間を夜遅くまで起こしていていいのか。

「大丈夫？　帰る？」また質問してしまった、と質問した後に思う。

「平気。それにまだ八時とかでしょ？　入れないいんだ、部屋」

家に入れない事情について尋ねていいのか考えている間に、トウマは目をつむったまま言った。

「よくわかんないけど、その黄色いのはなくても困るんじゃない？　たまに使ってる人見るよ。虫よけとか毛布代わりにしたり、隣の人にも貸してあげてたり。完全に脱ぎ捨てるのはできないみたいだし」

私は立ち上がり、窓を閉めた。見えない雨が降り続けている。

帰ってきたセリコさんは川でも渡ってきたようにスラックスのひざ下をくまなく濡らし、しかしそれを気にする様子もなく買ってきた食べ物を広げ始めた。

「ほら、カステラです。ヨーグルトのゼリーとどちらにします？　どっちも？　あ、スイカのアイスもあります。クリームあんみつはどこだったか……」

次々とお菓子を取り出すその姿は孫が遊びにきたおばあちゃんみたいだと思ったけど、そういえば私はセリコさんに孫がいるか知らない。子どもも。セリコさんはただ、ずっとセリコさんだった。

トウマは最初はためらっていたものの、次第に遠慮なく食べ始めた。彼は途切れることのないセリコさんの質問にも答えた。ね、今って英語のじゅぎょってあるんでしょ?　あるよ。　え、じゃなんか喋ってくれる?　You are a singer.　は、しんが?　あなたは歌手ですって意味。　歌手?　ほほ!　実は昔長唄(ながた)を習っててね。長唄ってなに?

質問と答えが、スプーンとクリームが往復するたびに、数えきれないくらい訪れたセリコさんの部屋がふくらんでいく。セリコさんの間伸びした歌声も、トウマのまつげの長さも、ジャンルがばらばらな食べかけの甘いものたちも、台所の花柄のタイルも、長年の油でうっすらと黄ばんだ壁も。私は思わず目をつむる。どれも一つもこぼしたくなくて、全部覚えていたかった。それらはどこにでもあるような気がするのにその一つ一つの意味はずっとわからないままで、ただ、気づいたときにはそこにはない。彼らは行くのだ、彼らの場所へ。

partior（分ける、離す）。ふと私は一つの単語を思い出す。これはささやかなパーティーだった。私たちはどうしようもなく分け隔てられ、隔てられているから集まる。集まろうとする。触れようとする。おそるおそる、ぎこちなく、ときどきわざと無遠慮に。

「部屋、入れないの？　たまに廊下で見かけるけど」

お茶を煎れ直すと言ってセリコさんが席を立つと、私は散々迷ってからトウマに尋ねた。砂糖をまぶしたドーナツを指をなめながら食べるトウマは、内緒で修業を抜け出してきた小僧のようだった。

「よく鍵忘れるから」

「他には誰もいないの？」

うん、母さん仕事だから。お父さんにはこの住所を伝えてないし。そう口にするとトウマは急に不安そうな顔になった。

「誰にも言わないでくれる？　お父さんは俺が手術を認めなかったから僕が生まれたんだ、感謝しろって言うんだけど、それで母さんはすっごく怒ってて。すぐ叩いたりもするし」

「うん、言わないよ」私は付け加える。「他にも何か困ってる？　その、鍵以外に」

トウマはしばらく考えるとポケットから小さなものを取り出した。

「これ直せる？　うち接着剤なくて」

それは郵便受けの前で遊んでいた人形の一つだった。小さな弟たちの一人。人間の男の子と猫の間みたいなキャラクターで、青いオーバーオールから腕が取れかけてぶらさがっている。私はセリコさんに接着剤を借りて廊下の灯りの下に行き、そのキャラクターの決めポーズをネットで調べて同じように腕をつけた。接着剤が固まるまでしばらく待ち、そうして人形を持って戻るとトウマはカーペットの上で丸くなっていた。寝かせている途中のパンの生地みたいに。

足音を立てないように近づき、私は屈んだ。他の弟たちが待つポケットに直したばかりの人形を返そうと手を伸ばしたとき、トウマのやわらかな指が私の腕をつかみ、レインコートがかさりと音を立てた。それは一瞬のことだった。しかしその湿った指の温度の高さに私はしばらく動けなくなった。私はこの温かさをいつだって甘受できる。少しだけ手を伸ばせば、それがいつか必ず去ることを忘れなければ。

パーティーはあっけなく終わった。ちょうどセリコさんがお茶を出そうとしたとき、硬そうなヒールが階段を規則正しく叩き、やがて足音は鍵を開ける音へと変わった。トウマはぴたりと目を開け、立ち上がった。「じゃあ帰るね。ごちそうさま」

帰り際、トウマは私に耳打ちした。とっておきの秘密のように。

「知ってる？　三号室に住んでいるのは、トド。廊下で人間に変身するのをこの前見たんだ。スーツを着て、あとポルトガル語の教科書持ってた」

トウマが出ようとするとセリコさんはお土産にパッチワークをくれた。私にも。

「タマネギ袋です」

そう言って渡された袋は、よく見る風通しのよさそうなネットの袋と違ってカントリー調のぶ厚いパッチワークで、何より巨大だった。私はその大型犬でも入りそうな袋を抱えて階段を上がり、途中であの橋へと目をやった。暗くて何も見えない。


その夜、私は眠りの訪れを待ちながら想像する。細い細い針と糸を。針と糸は寝台の縁で思案する。少年に何を作ってやるべきか。アパートの窓から射しこむ月光から逃げるように寝返りを打つ少年に。途中でハサミもやってきた。

長い思案と短い議論が終わると、彼らはそれぞれの持ち場で仕事を始めた。見えない布でシャツを作るのだ。少年のための完全なシャツを。彼らはその作り方を心得ている。シャツでもセーターでも眼鏡でも、なんだって作れる。必要に応じて見えない毛糸や見えないレンズを発注することもある。注文数が少ないとコストが割高になるのでそれなりにまとまった数量を発注する。どのみちそれは必要なのだ。彼らにとっても、人々にとっても。彼らは夜中の二時ごろに一度休憩し、星々を浮かべた紅茶を淹れる。

シャツは夜が明ける直前に縫い上がる。彼らは汗を拭き、息を切らしながら完成したばかりのそれを眺める。少年のための完璧なシャツを。色は鮮やかな黄色に染まっている。彼らはそれを少年に着せてやりながら呼びかける。しかし、その声がもう今まで通りには彼の耳元に響かないことを思い出す。代わりに彼らは祈る。シャツが少年を守ることを、その代償に彼が耐えられることを。そのとき、張り詰めた空がそっと息づく。それが最後の仕上げだった。夜明けとともに鮮やかな黄色は失われ、そこにはただシャツの気配が残った。彼らはその様子を満足げに眺めると立ち去り、少年はまま新しいシャツを着たまま再び寝返りを打った。

何度目かのアラームで起き出し、キッチンで水を飲むころには少年も気づくだろう。

見えないボタンのこわばりに、自分の声が昨日までとは少しだけちがっていることに。

一人で展示室にやってきた私に、ヴィーナスは戸惑っていた。

「え、来る？　この前の会話の流れで？」

「はい、来ました」

私は答えながら扉を閉める。今日はいつもの椅子はなかった。荷物を下ろし、乱れたフードを整える。晴れているのに生ぬるい風が吹き荒れる妙な天気の日で、天窓の上では雲が制御不能になった気球のように流されていく。

博物館には意外と簡単に入ってこられた。いつもの月曜日より少しだけ早めに来て裏口の火災報知器を鳴らし、不審に思って出てきたハシバミを消火器で殴ってついでに鍵を奪った。殴り方はネットの動画をいくつか見てきたものの、実物の消火器は想像よりはるかに重く、殴ったというより不格好に投げ出しただけだったが、ハシバミが軽々と倒れたので私は驚いた。しかしこの方法の問題は、目をさました彼が絶対にここにやって来ることだった。それもすごい剣幕で。

なので私は急がなければいけなかった。持ってきた辞書やら水筒やらを扉の前に積み上げて心ばかりのバリケードを築き、リュックの奥に詰め込んでいたものを広げた。指先のこわばりをよそに、ファスナーはこの時を待っていたかのようにすっと開いた。

「ヴィーナス、お願いです。ここに入ってください」

「ホーラ、あなた何を言っているの。というかそれなに?」

「タマネギ袋です。大家さんがお土産にくれて」

「どういうこと? 意味がわからないわ」

私にもわからないんです、不思議ね。そう言いながら私は折り畳み用の脚立を広げ、監視カメラの後ろに回り込む。レインコートの裾がはためく。自分でも驚くほど体がなめらかに動いた。影を吸い尽くしたような艶のない黒い機械に触れたとき、私はもう一度思った。不思議ね。それほど悪い心地ではなかった。笑い出すほどではないが、しかめ面を続けるには無理がある。思いがけず届いた手紙に貼られた美しい切手を見たような。

しかし準備を進める私を見て、ヴィーナスはあからさまに不安そうだった。相変わらず口元には微笑みを刻んだまま。

「ねえ、ホーラ。やめて。よくわからないけど今ならやめられるでしょう?」

「もう遅いですよ。今やめたら私は二度とここには来られません」

不意にぬるい風が首筋を通り抜け、私は窓の方を見た。いつもは無口な貝のように閉じられた窓が、今日はどれも少しずつ開いている。ハシバミが何か計画していたのか、それなら中止すべきかと迷い、けれど途中で考えるのをやめる。次の行動を決めるのは彼の事情ではない。私はヴィーナスの顔を見上げた。

「でも、もちろんそれはあなたの意志がなければ行いません。私は準備しているだけ。あなたが自由になるための」

「気持ちは嬉しいけれどやっぱり無理よ。ここから逃げるなんて。出るのも無理だし、なにより私は外では生きられない」

「じゃあここでのあなたは生きているの？　ねえ、あなたに必要なのは自分から逃げるための眠りの時間よりも、起きたまま行けるどこかです」

まつ毛のない瞳が私を見つめ、そして離れた。台風の前に吹く風のような、波乱と微熱を帯びた目のやり方だった。

「でも、ホーラだって……なんでもない」

「なんでもないって言うときは何かあるんです」

「何もないわ、本当に」

「うそ」

応酬とともに私たちの声はいつしかふくらみ、ラテン語を解さないはずの女神たちも興奮し始めた。貴婦人ヘラは知恵の女神ミネルヴァに何かをささやいては忌々しそうにこちらを見やり、狩猟の女神アルテミスが引き連れる猟犬までもがさかんに吠え立て、いつかのように石の耳をパタパタと振っている。その間にも窓の向こうでは雲が目まぐるしく流れ続け、空は治りかけの膝の内出血みたいな濁った黄緑色に染まっていた。

「だってホーラだって」

私は次の言葉を待った。死に絶えつつあるかつての普遍語を。待ち焦がれる喜びと苦しさを与えてくれたその声を。

タタ、タタ、タタ
廊下から足音が近づいてきた。女神が口を開いた。

「ホーラだって、いつか私を置いていくのに」

タタ、タタ、タタ、タタ

足音はわずかに速くなる。私は言葉を拾い、摑む。こぼれ落ちないように。

「もし望むなら私はいつでもあなたを壊してあげる。ハンマーでもいいし海に沈めるのでもいい。それで私はきちんとさびしさを引き受けるの。それは最初から拗ねたり誰かを縛りつけるよりも断然いい。だから」

タタ、タタ、タ、ダン、ダダ、ダンッ
扉が開く音とともに振り返ると、崩れたバリケードの向こうにハシバミがいた。彼はまずパッチワークのタマネギ袋を見た。次にあさっての方向を向いた監視カメラを。最後にヴィーナスと私を。整った顔がわずかに赤くまだらになっていた。

「何をしているんですか」

「お話です。あなたが苦手なもの」

ヴィーナスに向けて、私は同じことをラテン語でも小声で言った。そして「ラテン語で話しましょう」と呼びかけたが、彼には届かなかったらしい。

「見ればわかります」

と彼は日本語で言った。じゃあ訊くなよと思いつつ、私は仕方なく彼の言葉もラテン語にした。ヴィーナスはどこでもない場所を見つめていた。その横顔は大理石のころに戻りたがっているようにも見えた。あらゆる神話と無関係だった時代に。

「こんなことを申し上げるのも失礼ですが、油断していました。あなたのその、ご自身では何も選べなさそうな態度に」

「本当によく平気で言いますね」

言葉は自然に出た。いつものような息苦しさもなく。

ハシバミは造作もなくバリケードをまたぐと、ゆっくりとこちらに近づいてきた。他の女神たちもいつのまにか口を閉ざしている。

「さあ、こっちに来てください。今ならまだ許しましょう。美術館の所蔵品を持ち出そうとしたこと、僕を鞄で殴ったこと」

「鞄ではありません。消火器です」

「そんなことはどうでも……うわっ」

突然ハシバミが鋭い声を上げた。見ればアルテミスの猟犬が彼の左腕に噛みついていた。片耳を大きく振りながら。これには隣にいたアルテミスも驚き、ハシバミと自分の犬をしばらく見比べてから何かを叫んだが、彼女が話すのは確か古代ギリシャ語か古フランス語だったので何と言っているのかわからず、ついでになぜか他の女神たちも口々に叫び始めた。

「ああっ、犬が。忌々しい」

ハシバミは聞いたことのない女神たちの咆哮に驚きながら、腕を回して犬を振りほどこうとしたがどうやら相手が美術品だと思い出したらしい。ポケットから作品に触れるための白手袋を取り出したものの、片手では装着しづらいのか四苦八苦していた。私は小声でヴィーナスに話しかけた。

「行きましょう」

「そうね」

私は準備を再開した。冷凍倉庫から拝借してきた折り畳み式の台車を広げ、タマネギ袋をセットする。その間も女神たちは叫び続け、中でもとりわけ存在感を放つのがギリシャ神話のニンフのダフネで、神話上ではアポロンからしつこい求愛を受けて追い回され、やがて逃げ場を失いやむなく月桂樹へと姿を変えたといわれる彼女は"Go to hell!"と英語で繰り返し絶叫していた。

けれどヴィーナスからわずかに離れたときだった。私も手袋をしようとリュックの中を探っていると急に視界が暗くなった。振り返ると口の中に美術用の梱包材を詰められた犬と、そして私とヴィーナスの間に立ちはだかるハシバミの姿が見えた。

「もう一度言います」息を切らした彼の顔はいよいよ蒼白になり、今にも消えてしまいそうだった。「今ならまだ許します。幸いにもあなたはまだヴィーナスに触れていない。二度とこの博物館に来ないとお約束いただければ」

「ラテン語で話してください。ヴィーナスがわかるように」

ちょうど一段と強い風が吹き、窓が大きく開いて湿気を帯びた空気の塊が流れ込んできた。ハシバミも私も、一度そちらに目を奪われたが再び見合った。

「わかりました、よ。ねえ、アフロディーテ。わかるだろう？」

ハシバミはヴィーナスの方を向くと急に哀切な声で語りかけた。

「僕は君のために言っているんだ。外の世界は危ないんだよ。君は知らないだろうけど温度や湿度の問題もあるし、盗難の可能性だってある。そういうのをちゃんと考えたことある？」

ヴィーナスは黙って聞いていた。白い目には何も浮かんでいない。ハシバミはその空白に乗じるように喋り続けた。

「確かにここは少し特殊に見えるかもしれない。もしさびしいなら、他にも話し相手を連れてこよう。いいか、君は永遠に生きるべき素晴らしい、美しい存在なんだよ。少なくともここにいれば何も奪われない」

「さびしいのは、あなたでしょう？」

石のように、冷たく硬い声だった。彼女はためらわずに続けた。

「外に出られないのもあなたでしょう？　自分で作ったルールの中でしか生きられないくせに」

「どうしたんだ急に、まじめに」ハシバミの声がかすれた。

「こっちはずっとまじめよ。正気じゃないのはあなただけ。まずその芝居じみた話し方、ださい。あと美しいとかどうとか、どうして自分が一方的に批評できる立場だと思っているわけ？」

緩衝材を落とした猟犬が再び吠えた。風がさらに強く吹く。

「ひどい言い方じゃないか。僕は君を守るためにこうして何年も、何十年もここにいるのに」

「何かあるとすぐ君のためとか愛してるのにとかもっともらしい顔で口にするの、恥ずかしいと思わないの？　ああ、寒い。寒い！　うすら寒い。コート着たいわ」

「何を言っているんだ？　ここしか知らないくせに」

反撃を始めたヴィーナスに、ハシバミは明らかに動揺していた。彼はなぜかポケットの中を漁り始めた。鉛筆、メジャー、カッター、ルーペ、埃を除去するための刷毛。さまざまな道具が音を立てて床を転がっていく。

「それに何も奪われないなんて冗談はやめて。私は奪われている。名前も、体も、自由も」彼女は次々と責め立てた。前後に少しずつ揺れながら。

「ヴィーナス、行きましょう。永遠なんて負わなくていいから、一緒に行けるところまででいいからもう少しだけ生きてみましょう。粛々と、勝手に、ばらばらのまま」

私は彼女に向かって手を伸ばした。カッターを手にしたハシバミがこちらに駆け寄ってくるのと同時に。

いつから計画していたのだろうか、それは完璧なタイミングだった。風がカーテンを一段と大きく揺らし展示室に流れ込み、ハシバミがカッターを振り上げたとき、ヴィーナスの揺れは頂点に達し、一つの跳躍を決行した。左足で硬い台座を蹴り出して。

「さよなら、さびしがり屋の男の子」

私は目をつむった。耳も、頭も、何もかも閉ざしたかった。

しかしその音はいつまでも来なかった。沈黙に鼓膜が痺れ、私は耐えきれなくなり目を開けた。

そこには黄色い布が台座に浮かび、中に包む何かをあやすようにはためいていた。私はおそるおそる近づいた。ハシバミは床にへばりついたまま、女神たちはおのおののポーズでその様子を見ていた。それは彼女たちの部屋にはふさわしくない、安っぽい黄色だった。私はそのよく見知った化学繊維に触れ、そっとフードを下ろした。

「聞こえますか？」

「……ホーラ？」

相変わらずまつ毛はなかった。黒目も。しかしその両目は私をとらえていた。不安そうに歪んでいた口元が、何か楽しいことを思いついたようにひょいと口角を上げた。

「最後かしら、これ聞くの」

ちょうど流れ始めた「蛍の光」のことだとわかるまで時間がかかった。そしてうずいて見せると私はもう一度それに触れた。黄色のレインコートは耳障りな音を立てた。ふと私は、自分の体が心もち軽くなっていることに気づく。

いつまでも床で唖然としているハシバミを放っておき、私たちは支度をしながら話した。ねえ、外に出たら最初に何したいですか？　なにかしら、考えもつかないけれど……そうね、ベタだけどやっぱり服を買ってみたい。いいですね、どんな服？　うーん、私、自分ではモードっぽいのが似合うと思うの。顔が古風な分。そこまでは聞こえた。

いつのまにかドアの外が騒がしくなってきた。ハシバミ以外にも職員はいたのだろうか。私は小さく舌打ちをしてからヴィーナスを見上げ、台座に足を掛けた。

「さあ、行きましょう」

応答は聞こえなかった。空はますます荒れていた。小鳥だろうか帽子だろうか、小さな白いものが勢いよく飛ばされていくのが遠くに見えた。展示室の扉を誰かがノックしているのを無視し、私は彼女へと手を伸ばす。長い間焦がれていたその肌に。はじめて抱いた他人は愛しく、そして重かった。まるで巨大な石の塊みたいに。

ドアの向こうから誰かが私の名前を叫んでいる。脊髄が奇妙な角度に軋み、視界が白くなっていく中で私はその音の連なりを聞いていた。

＊

その日、わたしはかつての教え子を見かけた。空港の、メキシコシティ行きのフライトを待つ早朝の搭乗口で。それは四月の晴れた月曜日で、ぶ厚いガラスの向こうでは巨大な鉄の鳥たちが見えない法則でルートを描き、次々と空へと巣立っていった。わたしは長年の勤務者が対象の大学のサバティカル休暇を利用し、海外の研究者を、そして膨大な資料の眠る図書館を訪れるために旅立つところだった。気分はすこぶるよかった。

彼女はひどく目を引く荷物を持っていた。ずいぶんと素朴な、しかし派手な色合いのパッチワークでできた「大きな袋」としか言いようのないもので、ペットや楽器などの類ではなさそうだった。彼女は業務用っぽいカートにその袋をのせて壁際まで運ぶと、慎重そうに車輪のストッパーを下ろして自分も隣のソファに座り、抱えていた紙袋から飲み物とドーナツを取り出した。一日が始まったばかりの清冽なロビーに揚げた菓子の砂糖と油分のにおいが広がり、指にこぼれたブラウンシュガーをなめながらドーナツを頬張る彼女を見ているうちに、わたしも同じものが食べたくなった。後で絶対に買おうと思った。

しかしわたしは驚いていた。もちろん予期せぬ場所で知人に、特に学生に遭遇すれば大抵は実際に驚き、「驚きました」「いや、驚いたね」と互いに繰り返すしかないものだが、わたしはまず彼女の変化に驚いていた。彼女に会ったのは「ラテン語日常会話」の教室だった。最初の印象は、遠かった。表情が乏しいとか服装が地味だとか、そういう理由もあるのだろうが、なんというか「届く」感じが薄いのだ。すぐそこにいるのに川の向こうに呼びかけるみたいに大声で叫ばないといけないような。もちろん相手は学生だから、わたしは話しかける。まずは出欠。けれど返事が聞こえない。ようやくかすかな声で「はい」と聞こえてきたのは教壇を降りて隣の隣の席まで行ったときだった。

その日の彼女は当時に比べると、はるかに表情が明るくなっていた。手持ちのタブレットを覗き込む目は何かを期待するように輝き、髪のところどころを鮮やかな色で染めていた。タブレットに向かって楽しげに口を開くことさえあった。

もっとも彼女は、当時も雄弁だった。ラテン語に限っては。あの講義は滅びつつある言語の日常会話という半分洒落みたいなもので、最初はラテン語に関する文法や雑学のようなものも話していたが、わたしが冗談を言うたびに困ったようにうつむき、なぜかわたしの体調を心配し始めた彼女を見て講義の方針を変えた。ただひたすらに、会話をした。彼女は優秀だった。ラテン語の話者としては研究者の中でも見たことがないレベルだった。それは学問というよりもっと切実なもので、公共の場での母語の使用を禁じられた少数民族のような熱心さで彼女は話し続けた。

もっとも、彼女がどのようにしてラテン語を体得したのかは謎に包まれていた。一度だけ尋ねてみたことはあったのだが、彼女は「留学です」と言ったきり黙ってしまい、一体今のどの大学に留学すればここまで流暢に古代の言葉を話せるようになるのか、わたしには靄の向こうの話のようだった。ぜひ大学院に進学してほしいと思い、勇気を出して進路について訊いたときは、彼女は冷凍庫で働きたいと言い残して去った。さっぱり意味がわからなかった。

けれど結局、彼女が卒業してからあの講義が行われることはなかった。仮にあったとしても難しかっただろう。彼女よりも優れたラテン語の話者に会うことは。だからずいぶん前に、どこかの博物館からラテン語を話せる学生を紹介してほしいと言われたときは、もう卒業していた彼女を迷わず推薦した。そういえばあのときは電話で依頼されたが、なんだか嫌な話し方をする学芸員だった。彼女にあのバイトのことを尋ねてみようか。

わたしは空港までの高速バスですっかり凝り固まった背中を伸ばし、彼女の方を再び見やった。どうやら彼女は動画の編集を始めたようだが、イヤホンの接続を間違えているのか、ときどき流れる音声は周囲に筒抜けだった。そして驚くべきことにそれはラテン語だった。

「ネロ浴場で右に曲がって直進してください」

「剣闘士が出てくるのは何時ごろですか？」

ゆっくりと明確な発音や基本的な文法を押さえた例文に、なるほど、彼女はもしかしたらラテン語を教えるようになったのかもしれないと思い、教師として実に嬉しくなった。しかしどういうシーンで彼女がこの動画を使うのかはわからなかった。

音声は他にもあった。今度のラテン語は女性の声で、先ほどよりかなり早口だった。

「おはようございます―アテナです。今日は世界中の美術館や博物館にいるみなさんに私のモーニングルーティンをご紹介したいと思います」

ボサノヴァ調のBGMも流れ始め、さすがに音もれに気づいたのか彼女は慌てて音声を止めると、タブレットから目を離して首を回した。ちょうど搭乗案内のアナウンスが始まったところで、わたしは彼女に声をかけようと立ち上がった。ドーナツのことは諦めて。近づいてみると、彼女はなぜか隣のパッチワークへとさかんにラテン語で話しかけているようだった。ふと、黄色い光が反射した。

「じゃあそろそろ乗るよ」

聞き間違えだろうか、パッチワークからも声が聞こえた。

「ねえ、テオティワカン遺跡って三日目に行くのはスケジュール的にきついかしら？」

その声はハスキーボイスだった。メゾソプラノとアルトの間で、どちらかと言えばアルト寄り。もしも合唱をすることがあればだが。

作中の詩はポール・エリュアール「自由」（安藤元雄訳、『フランス名詩選』安藤元雄・入沢康夫・渋沢孝輔編、ワイド版岩波文庫所収）を一部改変の上、抜粋しました。

本書は書き下ろしです。

八木詠美（やぎ・えみ）

１９８８年長野県生まれ。東京都在住。早稲田大学文化構想学部卒業。２０２０年、「空芯手帳」で第36回太宰治賞を受賞。同作は現在世界14カ国語で翻訳が進行しており、２０２２年８月に刊行された英語版は発売まもなく増刷し、ニューヨーク・タイムズの今年の収穫に取り上げられるなど話題となった。

休館日の彼女たち

二〇二三年三月二十日　初版第一刷発行

著者　八木詠美

発行者　喜入冬子

発行所　株式会社筑摩書房

一一一―八七五五　東京都台東区蔵前二―五―三

電話番号　〇三―五六八七―二六〇一（代表）

印刷・製本　中央精版印刷株式会社

ISBN978-4-480-80510-2 C0093